혼자서도 잘 사는 걸
어떡합니까

프롤로그

prologue

　잘 살고 싶다. 정말이지 내 마음에 들게 살아 보고 싶다. 망할 때 망하더라도 하고 싶은 건 다 해 보고 싶다. 별 볼 일 없는 나의 아주 평범한 인생으로 어떻게, 얼마큼 이루며 살지를 내 눈으로 직접 확인할 것이다.

　행복하게 살고 싶어 여러 사람을 만나 울고 웃었다. 결국 누군가와 잘 지내려면 혼자 잘 사는 것이 먼저라는 결론을 내렸다. 여전히 사람을 만나는 게 힘들다. 일로 만난 사이건 연인이건 친구 관계건 그 무엇도 내 마음 같지 않았다.

　그러나 이제는 안다. 나와 제일 오래 함께하는 '나'라는 존재로도 가끔 벅찰 때가 있는데 누군가와 함께하는 일은 그보다 더 힘들다는걸. 언제든 힘든 일이 생기면 나를 보살핀 시간 속에서 챙겨 둔 임상 실험 결과들을 하나씩 꺼낸다. 만나는 이들에게 예전보다는 조금 더 다정히 대할 수 있게끔.

나는 잘 알고 있다. 혼자 잘 살아 내고 싶은 사람들은 그 누구와도 잘 지내고 싶은 마음이 크다는 것을. 그 누구보다 남들에게 피해 주지 않으며 살고 싶다는 것을. 그리고 마침내 혼자서, 또는 누구와 함께할지라도 어디서든 삶을 행복하게 가꿔 내고 싶다는 것을.

Contents

I

혼자 살 용기

II

혼자 살 준비

III

혼자 살아 보기

PART 1

혼자 살 용기

당신이 해야 할 단 한 가지 노력은 그저 스스로를 돌봐 주고 많은 질문을 던지는 일, 그거면 충분하다. 매일매일을 기념일처럼 살아 가자. 모든 사람이 각자의 행복으로 나아갈 수 있다면, 함께하는 삶도 분명 행복으로 물들 테니까.

잘하는 게 혼자 살기라니

　　어느 날 집에 혼자 누워 있다가 시간이 너무 많은 나머지 별별 생각을 다 하던 때가 있었다. 한국 나이로 38살, 86년생 호랑이띠. 내 주변 친구들은 나 빼고 모두 결혼했다. 더 엄밀히 말하자면 동성 말고 이성을 좋아하는 친구들은 전부 결혼했다는 얘기다. 애초에 이성에 관심조차 없는 모태 솔로 친구를 제외하면 진짜 싱글로 사는 사람은 나만 남은 것이다. 나는 이성에 관심 있고 연애도 하며 살았던 사람이라 지금의 상황이 유별나게 느껴지기 시작했다. '이 나이 먹도록 결혼하지 않은 채 무얼 했나?', '내가 잘하는 건 뭐가 있나?' 꼬리에 꼬리를 무는 질문을 따라다니며 살아온 날들과 내가 지금껏 이룬 일, 가진 것들에 대해서 곰곰이 생각해 봤다.

내 나이를 기준으로 엄청난 커리어를 이루어 돈을 잘 버는가? ⇒ 또래의 평균 연봉보다 높은 건 맞지만 그렇다고 부자는 아니다.

본업인 여행 크리에이터로 매우 유명한가? ⇒ 업계에서 1인자는 아직 멀어 보인다. 어쩌다 보니 경제 크리에이터, 명상 지도사를 하며 여러 강의를 다니고는 있지만, 많이 일하는 데에 비해 그쪽 분야에서 누구나 알 만큼 이름을 떨쳤다거나 월등한 실력을 가지진 않았다.

자산을 많이 증식시켰는가? ⇒ 미국 주식, 한국 주식, 달러 예금 등 정신없는 재테크. 그리고 할아버지가 돌아가시고 남겨진 시골집 한 채. 따지고 보면 부모님 집인 그곳에 여태 모은 돈을 왕창 쏟아 리모델링을 진행했다. 투자와는 정반대의 길로 가는 행동이었다. 대체 그 집에 그만한 돈을 왜 쏟아붓느냐고 엄마 아빠한테 혼났다. 제대로 된 집 한 채 갖고 싶어서 부동산 매매를 해 보려다가 첫 아파트 거래에서 황당한 매도인을 만나 고통받았다. 결국 소송 엔딩으로 내 집 마련의 꿈도 접었다. 사주에 돈 돈 거리면 안 되는 팔자라고 하더니 정말 그 말이 맞을지도 모르겠다 싶어 조급해하지 않기로 했다.

건강한가? ⇒ 고혈압이 있다. 부모님 모두 고혈압이 있으셔서인지 나 역시 어릴 적부터 혈압이 높았다. 이것만 제외하면 체력은 좋은 편이고 인바디 측정값도 나름 훌륭하다.

하나씩 따져 보니 썩 잘난 부분은 없지만, 그렇다고 또 나쁜 것도 아니라 전반적으로 확인했을 때 내 인생은 적당했다. 평범하게 사는 것, 다들 그게 보통 일이 아니라고 한다. 평범한 삶이 어쩌면 가장 행복하다고 어디서 많이 주워듣기도 했다. 내 인생이 조용하게 잘 굴러가는 듯해 그 사실만으로도 안도감이 들었다. 그러나 왠지 모르게 스스로에게 서운해지기 시작했다. 정말로 최선을 다해 살았다고 자신했는데 객관적으로 뭘 월등히 잘한 것이 없다는 생각에 스스로가 초라해질 지경이었다.

회사 다닐 때는 두 번이나 최우수 사원상을 받았고 프리랜서로 일하기 시작할 때도 매일 밤새는 걸 즐겼다. 같이 일하는 사람마다 대체 잠은 언제 자는 거냐고, 체력 정말 좋다고 말할 정도로 열정적인 시간을 살았는데. 그 결과가 그럭저럭 인생이라니. 억울하고 믿기지 않아서 뭐라도 계속 생각해 내야 했다. 절대 그럴 리가 없다. 경쟁하려고 사는 건 아니지만 그래도 살면서 남들보다 잘한 게 하나쯤은 있을 텐데? 그렇게 침대에 누워 계속 생각해 봤지만 딱히 떠오르진 않았다. 아무것도 없나 보다. 어쩔 수 없네. 더 많이 살아 봐야겠어. 이렇게 단념한 채 배나 벅벅 긁으며 핸드폰으로 무의식중에 인스타그램을 들어 갔다.

그곳에 올라오는 수많은 친구의 아기 사진, 연애 중인 사진, 남편과의 단란한 모습의 사진을 보면서 하나도 공감되지 않았 다. 어느 하나 재미있는 구석이 없었다. 정말 이게 뭐람. 다들 결혼하고 애를 낳아서 이젠 내가 끼어들 틈이 없어 보였다. 친 구들의 아이는 귀엽지만, 귀엽다는 말도 하루 이틀이다. 아기 사진에 매번 뭐라고 말을 덧붙여야 하는지 알 수 없었다. 그렇 게 인스타그램에서 외톨이가 된 기분으로 하염없이 스크롤을 내리다가 문득 눈앞이 반짝였다. 내게 남들과 다른, 조금 특별 한 점이 있다는 걸 발견했다.

'그래, 나는 남들 다 결혼할 동안 이 나이까지 결혼을 안 했구나.'

결혼 안 하고 혼자 잘 사는 것. 그것이야말로 내가 그 누구 보다 잘하는 일이라 확신했다. 이게 뭐 대수인가 별생각 없이 살았는데 다시 보니 너무나도 대단한 일이었다. 여기까지만 읽 고 분노하지 않아도 된다. 결혼한 게 잘못되었다는 뜻이 아니라 남들을 따라하기 위해 원치 않는 결혼을 하지 않은 것에 대한 칭찬이니까. 왜 결혼하지 않느냐는 반복되는 질문과 오지랖 넓은 사람들의 잔소리 속에서도 나의 신념은 정말이지 대단하다 싶을 정도로 굳건했다. 이따금 스스로에게 정말 결혼하고 싶은 건 아닌지 질문을 여러 번 바꾸어 던지기도 했다. 정말 내가 원하는 삶이 무엇인지 쉬지 않고 검열하는 건 잘한 일이고, 또 잘하는 일이 되었다.

그래, 이건 정말 대단한 일이다. 특히 나의 20대 시절만 하더라도 그렇다. 언젠가의 크리스마스 모임에서 케이크를 앞에 둔 여자 친구들이 말했다. 여자 나이는 크리스마스 케이크와 같아서 25살이 지나면 결혼 시장에서는 인기가 없어진다고. 그 모임뿐만 아니라 여자 친구들이 있는 곳에서 수도 없이 들었다. 그 이야기를 듣고 시무룩해지는 또래들 사이에서 나는 홀로 다부진 소리를 했다. "별 병신같은 소리를 다 듣네."라고. 사람들이 미워할 만한 이런 말을 하고 다니는 건 보통 일이 아니기도 했다.

어쨌든 이 사실을 최근에야 알아챘을 때 나 자신이 너무나도 기특했다. 친구들의 결혼식에서 내가 축하해 준 만큼 지금까지 결혼하지 않은 나 역시 존재만으로 축하받아야 하는데. 그 누구도 내 미혼의 삶을 축하해 주지 않았다. 종종 결혼한 친구들이 아직 혼자인 나를 부러워하기도 했으니 그걸로 된 걸까.

안 되겠다. 내가 매일매일을 기념일처럼 사는 수밖에 없다. 기왕 이렇게 된 거, 특기인 '혼자 잘 살기'를 살려야겠다. 그렇게 혼자서도 잘 살고 싶은 사람들에게 이야기를 들려주고 다 같이 잘 살아야겠다. 모든 사람이 각자의 행복으로 나아갈 수 있다면, 함께하는 삶도 분명 행복으로 물들 테니까.

누구나 혼자로 시작한다

처음엔 누구나 혼자다. 결혼한 모두가 그렇다는 건 아니지만 많은 이가 마치 자신은 한 번도 혼자였던 적 없었다는 듯이 군다. 그리고 이내 혼자인 사람에게 신기하고 안쓰러운 눈빛을 보낸다. 그런 사람들은 높은 확률로 내게 왜 결혼하지 않느냐 묻는데, 그런 질문을 들으면 속으로 생각한다. '왜긴요, 원래 사는 것처럼 변함없이 사는 것뿐인걸요. 태어날 때 혼자 태어났잖아요.'

가끔 어떤 사람들은 내게 가정불화와 같은 문제가 있거나 어떤 콤플렉스가 있는 건 아닌지 탐구한다. 그렇지만 추측과는 다르게 나의 가정은 매우 이상적인 편이다. 감사하게도 우리 아빠는 아주 가정적이다. 태어나서 아빠가 술 취한 모습을 본 적이 없으며, 흡연 또한 그렇다. 퇴근하면 바로 집으로 향하셨는데, 그 손에는 늘 가족을 위한 작은 선물이 들려 있었다. 그 선물은 붕어빵이기도, 어떤 때는 인형이기도 했다. 주말이면 부모님과 함께 집 근처 공원으로 나들이를 갔다. 꽤 오랜 시간 아빠와 단둘이 약수터에 물을 뜨러 다니기도 했는데 그날은 특식인 맥도날드 해피밀을 사 주셨다. 아침 식사는 아빠가 직접 차려 드시고 뒷정리까지 말끔하게 하셨으며 지금도 내 차는 항상 아빠가 세차해 주신다. 부모님 연령대에서는 찾기 어려운 모습이기도 했다. 남편이 집안일을 돕고 여행을 가기 위해 남편의 허락이 꼭 필요하지 않았다. 그저 엄마, 아빠 두 사람 사이가 정말 동반자의 모양새인 가정에서 자랐다. 여전히 부모님은 투닥거리며 저녁에는 같이 동네 산책을, 주말에는 즐겁게 놀러 다니신다.

그러니 혼자 살겠다는 사람들에게서 이유를 찾으려 하지 않아도 된다. 설령 본인 부모 같은 사람을 만나고 싶지 않아 결혼에 관심 없다 한들 그게 뭐 어떻단 말인가. 혼자 사는 게 좋은 이유는 있지만, 혼자 사는 데에 굳이 이유를 찾지 않아도 괜찮다. 혼자 살고 싶은 당신은 문제가 없다. 원래부터 우리는 홀로 태어났으니까.

혼자 잘 사는 걸 어떡합니까

아주 어릴 때부터 나는 뭐든 혼자 척척 잘 해내는 아이였다. 대신 하기 싫은 건 절대 하지 않아 차라리 선생님이나 부모님께 혼나기를 선택했다. 대학 시절에도 조별 과제보다는 혼자 하는 과제가 좋았다. 내가 원하는 걸 아무 고민 없이 내 멋대로 진행하는 그 효율적 편안함을 사랑했다. 패밀리 레스토랑도 혼자 다녔고 고깃집이나 뷔페도 혼자 방문했다. 남자 친구가 있을 적에도 훌쩍 혼자 영화관에 가기도 했는데, 남자 친구는 가끔 이런 내가 바람피우는 게 아닌가 의심하기도 했다. 왜 멀쩡한 남자 친구를 두고 혼자 영화 보러 가냐는, 본인 딴에는 합리적 의구심인 듯했다. 그런 상황이 항상 나를 갑갑하게 만들었다. 왜 자꾸 많은 걸 둘이서 하려는 걸까. 나는 혼자가 편한데 말이다.

여행을 다니면서도 마찬가지였다. 주말 아침에 눈떠 갑작스레 속초로 당일치기를 떠난다거나 어느 날 특가 비행기 표가 눈 꽂혀 그 자리에서 예매하기도 했다. 이후 그 사실을 알게 된 남자 친구가 본인도 같이 가자고 조르면 그제야 내 일정을 알려 주고 그에 맞춰 비행기 표를 사라고 했다. 나중에는 그것도 귀찮아져서 그냥 덜렁 혼자 해외 여행을 다녀오곤 했다.

혼자 떠나는 여행은 내게 자유였지만, 남들에게는 눈에 띄기 좋은 형태였나 보다. 보라카이를 홀로 여행하던 중에 해변에서 사진을 찍어 주겠다는 사진작가를 만났다. 그 남자는 밑도 끝도 없이 나를 우울하고 외로운 사람으로 단정 짓고는 심리 상담을 진행했다. "혼자 여행 다닌다고 해서 그 외로움이 사라지지 않아요." 당시 내 손에는 커플링이 떡하니 끼워져 있었는데 그걸 눈치채지 못한 듯했다. 심드렁한 표정으로 대충 이야기를 듣던 내가 별 반응이 없자 재미없었는지 남자는 먼저 자리를 떴다. 나중에 알게 된 사실인데 그 남자는 혼자 여행 온 여자들에게 접근해 별별 사기를 치는 국제 범죄자였다. 지명 수배자를 만났지만 나는 다행히도 운 좋게 별다른 일 없이 한국으로 귀국했다. 그 뒤로도 이곳저곳 여행하기를 멈추지 않았다. 매번 운이 좋았으면 괜찮았을 테지만 내게는 다른 사람들보다 좋지 않은 일이 자주 생겼다. 남들 별일 없이 다녀오는 태국에서 툭툭 기사에게 한밤중 납치당할 뻔한 걸 탈출하기도 했고 베트남 여행에서 오토바이 소매치기를 당하기도 했다. 또 다음 여행에서는 오토바이 사고로 병원에 갔다가 바이러스 감염으로 입원까지 하는 등 이해할 수 없는 상황을 수없이 마주했다. 왜 해외여행을 다니기만 하면 이런 일이 생기는 걸까? 나는 혼자 여행을 다니지 말아야 하는 걸까? 이런저런 생각이 교차했다.

하지만 다시 생각해 보니 나는 그 어떤 일이 생겨도 나만의 방법으로 아직 잘 살아 있었다. 그건 앞으로도 혼자 잘 살아갈 수 있으리라는 확신을 가져다줬다. 어쩌면 나쁜 일들 덕분에 홀로 생존하는 능력이 조금 뛰어난지도 모르겠다. 나도 모르게 오랜 시간 혼자 사는 법을 배우고 있던 것이다. 나처럼 타고나길 뭐든 홀로인 게 좋거나 혼자서도 잘하는 사람도 있겠지만, 당연히 그렇지 않은 사람들도 있다. 그러나 자신이 스스로 잘 살 수 있는 사람이길 원한다면 지금부터 연습하면 된다. 그리고 혼자 살기 공부는 정말 다행히도 영어, 운동과 같이 내 의지를 매일 시험하지 않아도 괜찮다. 많은 부분에서 삶은 나아지고 쉬워질 테니. 시간은 자연스럽게 흐르고 경험은 풍부해질 게 분명하다. 대신 당신이 해야 할 단 한 가지 노력은 그저 스스로를 돌봐 주고 많은 질문을 던지는 일, 그러면 충분하다.

의지하지 않는 사람이시네요

    여행 후 한국에 돌아와 지내는 동안 건강 검진, 치과 진료 등 여행하며 밀린 검사를 받기 위해 병원을 돌았다. 그러던 중, 아시는 분이 심리 상담을 받고 있는데 너무 좋다는 이야기를 듣고 나도 한번 받아 보고 싶어졌다. 이유는 간단했는데 바로 유튜브로 날아오는 상담 때문이었다. 라이브 방송을 할 때마다 구독자들은 내게 상담해 왔는데, 전문가도 아닌 내가 괜한 조언하는 게 아닌가 마음에 걸렸다. 그래서 직접 심리 상담을 받아 보고 구독자들에게 후기를 전달하고 싶었다.

    당시 내 상태는 여러모로 괜찮은 편이었다. 심리 상담 첫 회에 무슨 일로 왔는가를 물어 보시기에 생각한 그대로 답했다. 현재 내 상태는 아주 좋으나 그냥 한번 상담을 받아 보고 싶었고, 구독자들에게 후기를 알려 주고자 한다고. 그렇게 첫 상담이 시작되었다. 처음에는 가족, 연애 등 전반적인 상황에 대해 이야기했고, 두 번째 상담에서는 기질 검사를 비롯한 심리 테스트를 몇 가지 진행했다. 총 10번, 매주 1회씩 다른 주제로 상담을 받았는데 그때마다 나도 모르게 눈물을 줄줄 흘렸다. 상담사님은 대부분 조언 대신 질문을 던지고는 조용히 듣기만 하다가 마지막 회차에서 이렇게 말씀하셨다. 나에게는 문제를 스스로 해결하는 능력이 있으며 회복 탄력성도 좋아 무척 건강한 편이고, 의지하지 않는 성격이라 평소 가까운 사람들에게조차 내 마음과 상태를 꺼내지 않는 것으로 보인다고. 그래서 이 시간만큼은 그저 내 편이 되어 이야기를 들어 주고만 싶었다고.

상담하는 동안 어땠는지를 물으며 우리는 미소로 총 10회기 상담의 막을 내렸다. 내게는 그날들이 참 즐거운 시간이었다. 선생님이 내게 했던 질문을 한 주간 생각해 답했고, 그로 인해 스스로를 더 잘 이해하게 되었다. 그리고 몇 년에 한 번씩은 아무 이상이 없더라도 주기적으로 상담을 받아야겠다고 다짐했다. 그로부터 약 2년이 지나서 다시 심리 상담을 받기 시작했다. 이번에는 다른 상담사님이었다.

새로운 상담사님에게 이전 상담 내용을 대략 알려 드렸고 다시 기질 검사, 문장 완성 검사, MMPI 등의 테스트를 진행했다. 결과는 여러모로 충격적이었다. 상담사님 또한 이런 결과지는 처음 본다고 하셨다. 기질 검사에서 자율성 100점, 인내력 90점, 자극 추구 95점씩 높은 편인 반면에, 연대감은 평균 40점, 위험 회피도는 0점이었다.

검사 결과 분석과 상담을 통한 종합 의견은 이렇다. 나는 매우 건강한 상태고, 전반적으로 나의 기질 자체가 누군가에게 의지하기보다 무엇이든 혼자 잘하고 그러기를 좋아한다는 것이다. 상담사님은 내게 심리 상담을 정말 계속하고 싶은지 물어보셨다. 나는 계속하고 싶어서 어떤 고민이든 끄집어내 상담을 이어 갔으나 상담 3회차 즈음 선생님께서 먼저 상담 종료를 제안하셨다. 조금 어안이 벙벙했다. 하지만 상담사가 내담자에게 먼저 상담 종료를 권하는 행동 자체가 조심스러운 일이라 많은 고민 후 내린 결정이라고 했다. 이 내담자는 고민거리가 생겨도 건강한 방식으로 답을 내릴 사람이니 상담을 종료해도 괜찮다는 판단이 들어서였다고. 모든 사람에게는 각자의 문제가 있고, 그건 일상생활에 지장 없으면 굳이 바꾸지 않아도 괜찮다는 말을 얹으셨다. 그리고 왜 이전 상담사분이 대부분 들어 주기만 했는지도 이해하셨다고.

내가 태어난 기질 자체가 독립적이라니. 혼자 해결하는 걸 좋아하고 잘할 수 있는 사람이라니. 살아가는 데에 불편하지 않다면 굳이 고칠 필요가 없다니. 타인에게 의지할 마음도 없고, 그 심리도 이해되지 않던 스스로를 이기적이라고만 생각했다. 그러나 이번 상담에서 나는 나를 온전히 이해할 수 있었다. 이는 기질이기에 노력해도 변하지 않을 뿐이었다. 그 사실을 모르고 있었다. 나는 이기적인 사람도, 이상한 사람도 아니다. 그저 내 존재가 그렇게 태어난 걸 어떡하나? 만일 이 글을 읽는 당신의 기질이 궁금하다면 심리 상담사에게 기질 검사 받기를 추천한다. MBTI와 다르게 이건 타고난 부분이기에 검사 결과는 거의 변하지 않는다고 한다. 자신을 더 깊이 이해하고 싶다면 아마 큰 도움이 되겠다.

용기 있는 사람이 되는 법

해야 하는 일, 하고 싶은 일 중에 하고 싶은 일을 선택하면 자연스레 용기가 붙는다. 사람들로부터 '10년 이상 여행하면서 무섭지 않은가요?'라는 질문을 가장 많이 받았다. 누군가에게는 어떤 이의 선택이 용기로 보일 수 있겠지만 정작 당사자에게 물어보면 당시의 선택은 용기 낼 겨를이 없었다고 한다. 그러니 어쩔 수 없는 최선이었다는 뜻이다. 나 또한 마찬가지였다. 가진 기질이 위험 회피도 0에 달하기는 했지만, 홀로 여행 갈 수밖에 없던 이유가 존재했다. 첫째로는 나의 우발적 행동에 급히 일정을 맞출 친구를 찾는 일이 어려웠고, 두 번째는 일행과 함께 떠나기보다 혼자 빠르게 사라지고 싶었다. 말 그대로 용기 낼 겨를이 없던 것뿐이다.

돈이 없는데 여행을 가고 싶다면 할 일은 역시 돈을 마련하는 것이다. 그다음에 여유가 생기면 여행을 가는 것이 안전한 선택이다. 그러나 나는 돈 한 푼 없던 시절, 여행을 너무 가고 싶은 나머지 신용카드로 일단 비행기 표를 미리 구매했다. 그다음 아르바이트를 하거나 가진 물건 중 뭐라도 팔아서 지갑에 보탰다. 그렇게 여행을 떠나 돈을 펑펑 쓰고 돌아오면 나를 기다리는 건 내가 저지른 카드값이었다. 그걸 또 메우려 하기 싫은 일을 억지로 해야만 했다. 그 때문에 별별 아르바이트에 지원하는 용기가 생겨 닥치는 대로 일하며 내 여행에 대한 대가를 치러야 했다.

하기 싫은 일을 하며 여행 다녀온 걸 잠시 후회하기도 했지만 그렇게라도 다녀오지 않았더라면, 돈과 용기 모든 게 준비될 때까지 기다렸더라면 현재의 나는 없었을 게 분명했다. 그래서 첫 배낭여행을 무리해서 진행했던 걸 나쁘게 생각하지 않는다. 어설펐던 첫 여행에서 내가 배운 점은 딱 하나였다. 하고 싶은 일은 일단 해 봐야 한다는 것. 사소하고 자그마한 결정을 내리고 그 결정에 따른 결과를 받아들이며 매 순간 생기는 문제를 스스로 처리하는 과정에서 은근히 내 자신이 혼자 할 줄 아는 게 많은 사람임을 발견했다.

각 나라의 현지 언어를 알아듣지 못할 때는 생글생글 웃으며 낯선 땅에서 호감 있는 사람으로 보이려 연기했다. 기차표를 사야 하거나 길을 잃으면 가련하고 순진한 여행객 역할에 몰입해 도움 줄 사람을 쉽게 찾기도 했다. 이는 정말 자연스러운 행동이었다. 나는 기차표를 꼭 사야만 했으니까. 그런 일은 누구에게나 닥치기 마련이다.

내 앞을 지나가는 사람이 흘린 지갑을 주워 준 경험, 할머니의 무거운 짐을 들어 드린 경험, 혼자 참석하기엔 부담스러운 모임에 나간 경험 등 실행했던 작은 용기를 떠올려 보자. 모두 일상 속 용기와 함께 살고 있다. 큰 용기를 내기가 어렵다면 아직 하지 않아도 괜찮다. 대신 꼭 하고 싶고, 해야만 하는 일을 찾는 것부터 시작했으면 좋겠다. 그러다 보면 언젠가는 용기보다 앞선 마음으로 무언가를 진행하는 자신을 발견할 테니까. 시간이 흐르고 누군가 당신에게 '그 일을 어떻게 해냈어?'라고 묻는다면 회고하자. 어쩌면 당신은 용기 낸 적 없다고 답할지도 모르겠다. 용기란, 나도 알지 못하는 또 다른 내 모습이니까. 그러니 용기는 별거 아니다.

혼자가 두려운 너에게

내가 혼자 잘 산다는 결론은 1~2년 사이에 내린 결론이 아니다. 나이만큼 해가 지날수록 그 경험치는 계속 쌓여 스스로 만들어 낸 어떤 무형 자산이 되었다. 이는 재테크한다고 절약을 많이 하는 사람, 돈을 더 벌어 어딘가에 투자하는 사람들이 해마다 자산 증식 노하우가 생기는 것과 같다. 혼자 무언가를 많이 해 봤을수록 재테크 같은 효율과 자기 효능감이 복리처럼 쌓이고 노하우도 생긴다.

처음에는 혼자 떠나는 일이 두렵던 사람들도 한번 국내 여행을 다녀오면 다음에는 가까운 해외여행을, 그다음에는 더 먼 나라까지 나갈 수 있게 된다. 이제는 친구들과 여행 가는 것보다 혼자 가는 여행이 더 설레고 아무도 없는 빈집에 들어오는 기분이 좋다고 느껴지겠다. 어느 순간 함께보다 혼자가 편해지는 시간이 찾아온다는 의미다. 내 인생에서 중요도 0의 존재에게까지 "혼자 사는 게 좋다고? 너 그러다 나중에 늙어서 후회한다."라는 확신에 찬 말을 듣기도 한다. 솔직히 그런 말을 들으면 '결혼한 사람들은 저보다 빨리 후회하던데요.'라고 토 달고 싶은 걸 꾹 참고 생각한다. 늙어서도 혼자일지는 잘 모르겠으나 만일 혼자라 해도 어쩔 수 없다고.

　그럼 결혼한다고 나이 들어 후회하지 않을까? 아이나 남편이 나를 끝까지 책임진다는 건 희망 사항일 뿐이다. 그렇게 되지 않을 가능성도 있다는 걸 떠올려야 한다. 결혼해도 이혼할 수도, 남편이 먼저 죽을 수도, 내가 모르던 도박 빚을 지고 나까지 대출금을 갚게 만들 수도 있다. 아이도 마찬가지다. 어떠한 이유로 낳지 못할 수도, 낳아도 유학이나 해외 거주 등의 문제로 내 곁에서 떨어져 지낼 수도 있다. 좀 못된 말이기는 하지만, 내 자식이 과연 부모 건강에 신경을 쓰려나 싶다. 정말 결혼만이 나의 노후 대비책이 될까. 여러 방법을 모색해야 한다. 무언가를 대비해 뒀다고 인생은 계획대로 흘러가지 않으니까.

　아주 어린 시절 내 계획이 이루어졌다면 나는 스무 살에 짝사랑하던 가수와 결혼해야 했다. 당시엔 상당히 진지해서, 어떻게 하면 그 가수와 우연히 만나 사귈 수 있을지 다방면으로 시뮬레이션을 돌리기도 했다. 그렇게 얼른 스무 살이 되기만을 바랐지만, 그 나이가 되고서도 그런 일은 일어나지 않았다. 내가 그 가수와 결혼을 목표했던 건 철없던 사춘기 시절의 한 장면이니까. 몇 년이 지나 우연히 길에서 그 가수의 촬영 현장을 목격했을 때는 내 상상과는 다름을 여실히 느꼈다. 현실을 보니 자연스레 쓸모없는 계획은 사라졌다. 이는 여러 번의 연애에서도 마찬가지였다.

처음부터 끝까지 같은 마음의 양으로 상대방을 사랑하기란 여간 어려운 일이 아니었다. 그 사람은 항상 같을지라도 내 마음이 오락가락한다는 게 문제라면 문제였다. 오늘은 10만큼 좋았다가 다음 날에는 -3만큼의 애정을 건넸다. 그 역시 나와 마찬가지로 어제와 오늘이 다른 게 당연함에도, 평생 내 곁에서 같은 마음으로 머물러 주기를 바랐다. 그런 마음이 들었던 건 어쩌면 나보다 상대를 더 믿었기 때문이 아닐까 싶다. 타인을 나보다 더 신뢰하거나, 내가 원하는 대로 고치기보다 홀로 원하는 모양새로 살아가는 편이 훨씬 믿음직스러움에도. 이건 가족이든 연인이든 자식이든 상관없다. 정말 안전한 길은 스스로가 원하는 모습으로 살아 내는 데에 있다.

언젠가 결혼하게 된다고 해도 내가 만든 가정, 그 안에서 혼자 잘 살아 내기를 원하는 건 변함없다. 혼자 너무 잘 살아서 웬만한 남자 친구 만들기는 힘들겠다는 이야기를 종종 듣기도 하는데 그 말에 동의한다. 그 정도면 오히려 칭찬 아닌가. 웬만한 남자는 나와 어울리지 않으니 어쩔 수 없이 더 멋진 사람을 만나야겠구나 하는 생각으로 말이다. 그런 사람을 평생 못 만난다 한들 일부러 혼자서는 못 사는 척 어쭙잖은 사람을 만날 수는 없다. 이유 없이 혼자가 두려운 사람들은 그저 홀로 지내 보지 않아서 그렇다. 해 보면 별일 아니다.

혼자 잘 살기 리스트

마냥 혼자가 무서운 사람들을 위한 혼자 하면 좋은 리스트

√ 패밀리 레스토랑 & 무제한 뷔페 가 보기

이름부터 거창한 패밀리 레스토랑이 사실 제일 난이도가
낮은 식당 중 하나다. 대부분 일행과 함께 방문하기에 어쩐지
혼자 가면 눈치 보일 것 같지만, 자주 가 본 경험자가 말해 주자
면 가장 편하고 좋았다.

아웃백 스테이크 하우스 같은 경우, 좌석부터 어느 정도
의 프라이빗함이 보장된다. 그 때문에 아늑하기도 하고, 혼자
가면 담당 서버들이 오히려 잘 챙겨 주는 기분을 느끼기도 한
다. 런치 세트 메뉴에 리필되는 빵까지 먹다 보면 음식이 남을
까 걱정될 텐데, 식당 특성상 남은 음식을 포장하는 분위기라

서 실컷 먹고 남은 음식은 자연스럽게 포장해 다음 끼니로 먹을 수 있다.

뷔페 형식의 레스토랑들은 혼자서 내 속도대로 천천히 식사할 수 있어 가장 선호한다. 무제한 고깃집, 샤부샤부 뷔페, 샐러드 바, 즉석 떡볶이 가게 같은 곳들은 혼자 간다고 눈치 볼 필요 없는 점이 좋다. 적게 먹으면 적게 먹는 대로, 많이 먹으면 많이 먹는 대로 말이다.

✓ 고깃집 가서 2인분 시켜 먹기

밑반찬이 세팅되는 고깃집의 경우, 2인부터 주문이 가능할 때가 수두룩하다. 그래서 혼자 가기를 망설이는데, 막상 혼자 가도 기본 고기 2인분은 시켜야 한다. 1인분만 시켜도 배가 차지 않기 때문이다. 혼자 2인분을 시켜 한 점 한 점 정성스레 구운 다음 냉면에 한 점씩 올려 맛있게 먹어라. 괜히 어른이 된 기분에 자신감이 솟아나는 희한한 기분을 맛볼 것이다.

✓ 주말에 가까운 국내 여행지 다녀오기

어디를 갈지 모르겠다면 먹고 싶었던 음식을 떠올려 보자. 유명한 빵집이나 맛집이 있는 지역부터 가면 된다. 일단 버스나 기차표를 사서 여행지에 도착한 다음, 찜해 놨던 음식부터 먹어라. 이후 카페에 있다 보면 심심해질 텐데, 여기까지 와서 뭐하나는 보고 가자는 마음이 생긴다. 이렇게 마음먹고 혼자 여행 올 일이 언제 또 있을까 싶을 테니까. 그러면 SNS나 인터넷에 '지역 + 가 볼 만한 곳'으로 검색해라. 블로거들이 잘 정리한 포스팅이 상위에 보일 것이다. 그건 아마 여행지와 세트로 올려둔 글일 텐데, 그 게시물을 따라 도장 깨기 하듯이 가 보는 것을 추천한다.

물론 본인이 들르고 싶었던 장소 한 군데만 갔다가 당일 집으로 돌아가도 좋다. 그게 싫다면 맛집 투어만 계속해도 평생 기억에 남을 테다. 카페를 좋아한다면 동네마다 카페 투어를 해도 좋고, 등산을 좋아한다면 산만 찾아가도 된다. 그렇게 천천히 자신만의 여행 시리즈를 만들었으면 한다.

✓ 호캉스

피곤해서 여행이고 뭐고 다 하기 싫다면 호텔처럼 집이 아닌 다른 공간에서 누워 있자. 호캉스라고 하면 비싸지 않을까 생각할 수 있지만, 생각보다 저렴한 호텔도 꽤 많다. 비수기나 평일에는 더 저렴해진다. 막연히 비쌀 거라 생각 말고 일단 확인 후 판단해 보자.

일단 예약하면 '혼자 뭐 하지?'라는 생각이 들어서 책도 한 권 챙기고, OTT 리스트나 평소 보고 싶었던 영화를 찾게 된다. 욕조가 있는 호텔이라면 입욕제를 챙겨도 좋다. 호텔에서 하루 자는 게 좋은 이유는 일상의 공간에서 해 왔던 생각과 고민이 사라지기 때문이다. 새로운 공간에서 새로운 생각과 느낌을 만나면 기분 전환이 되니까. 물론 여유가 된다면 최고급 호텔의 올인 크루시브 패키지를 택해도 좋다. 세 끼 모두 호텔에서 먹고 수영장까지 이용하면 집에 돌아가기 싫을지도 모르겠다. 그러나 꼭 그게 아니더라도 호텔에서 배달 음식을 시켜 먹고 실컷 뒹굴거리는 것, 낯선 동네를 잠시 산책하는 것, 바스락거리는 호텔 침구에 혼자 몸을 파묻고 누워 있는 것. 이것만으로도 기분이 좋아진다.

✓ 가까운 해외여행

한 번도 해외여행을 가 보지 않아 두려움이 있다면 대만의 타이베이와 태국의 방콕을 추천한다. 사람들이 친절하고 한국인도 많으며 음식도 맛있어서이다. 그리고 무엇보다 대중교통이 괜찮아서 여행 난이도가 아주 낮다. 실제로 구독자분 중에는 내 영상을 보고 용기 내서 처음 대만 여행을 다녀왔다고 했다. 초반에는 무서웠지만 이제 혼자하는 여행의 맛을 알게 되어 무척 기쁘다는 반응이었다. 종종 이렇게 말씀하시는 분들을 보면 정말 흐뭇하다. 딱 한 번 용기 내 본다면 남은 인생, 새로운 세상을 경험하며 살아갈 수 있다. 물론 혼자만의 여행이 별로였을 수도 있다. 그러면 다음엔 혼자 가지 않으면 된다.

√ 코인 노래방

사실 나는 한 번도 혼자 코인 노래방을 가 본 적이 없다. 이유는 집에 블루투스 마이크가 있어 원하면 언제든 노래를 부를 수 있기 때문이다. 하지만 언젠가 친구가 스트레스받으면 혼자 코인 노래방에 가서 1시간씩 부르고 온다는 이야기를 들어 리스트에 넣었다. 막상 노래방에서 무슨 노래를 부를지 모르겠다면 인터넷 검색을 하면 된다. '노래방에서 부르기 좋은 여자 노래' 이런 식으로 검색하면 누군가가 친절히 정리해 둔 리스트가 가득 나온다. 좋아하는 가수가 있다면 그 가수의 노래를 메들리로 불러도 좋다. 이게 내가 주로 하는 방법이다. 나중에는 메모장에 나만의 애창곡 리스트를 만들게 될지도 모른다. 물론 나는 하도 많이 불러서 이제 그 리스트까지 다 외웠지만 말이다.

√ 영화관

심야 영화를 보러 가면 중간중간 망측한 커플들이 종종 보인다. 그것만 제외하면 늦은 시간 영화를 보고 나올 때의 적막함을 사랑해 심야 영화를 선호하는 편이다. 좋아하는 좌석 위치는 중간에서 약간 뒤쪽 정중앙이다. 웬만큼 유명한 영화가 아닌 이상 요즘 영화관 좌석이 가득 차는 일은 드물다. 특히 가장 마지막 회차의 경우, 관 전체가 텅 빌 때가 많아서 주로 영화 보러 가기 직전에 좌석을 예약한다. 예약 창을 보고 최대한 사람이 없는 줄을 선택한다. 그러면 마치 영화관 하나를 통째로 빌린 느낌이 들기도 한다. 물론 내가 선호할 뿐이지 심야 영화가 아니라도 관계 없으니, 어느 시간대든 혼자 영화관에 가서 동행인을 신경 쓰지 않고 영화에만 푹 빠져 보기를 바란다.

√ 미술 전시 관람

전시 관람은 서로 취향이 정말 잘 맞지 않고서야 혼자 가는 것이 훨씬 좋다. 내 속도로 관람하며 오래 보고 싶은 작품은 꼼꼼히 볼 수 있으니까. 그러다 마음에 드는 작품이 있으면 그 자리에서 정보 검색도 해 본다. 유명 전시의 경우, 주말에는 사람이 너무 많아 혼자 가도 전혀 외로울 틈이 없다. 사람들이 복작

복작하니 사진 찍고 싶으면 포토존에서 다른 사람에게 부탁해도 좋다. 다들 친절하게 두세 장씩 찍어 줄 테니까.

✓ 독서

누군가와 이야기하고 싶은데 친구랑 대화하는 건 귀찮을 때가 있지 않나. 그럴 때 나는 책을 펼친다. 그 작가가 누군지는 모르지만 무척 똑똑한 이와 이야기하는 기분으로 책을 읽는다. 물론 난이도가 너무 높은 책을 고른 날이면 '이분 저랑 조금 맞지 않네요.' 하고 다른 책으로 눈을 돌린다. 요즘은 구독형 전자책 서비스로 유명하고 박학다식한 사람들과 친분을 쌓는 중이다. 그분들에게서 배운 것들로 책 쓰는 일을 비롯해 다양한 일에 응용하고 있다. 독서는 다방면으로 투자 대비 이득이 많은 정말 유익한 활동이라고 할 만하다.

✓ 운동

자신의 취향에 맞고 꾸준히 할 수 있는 운동 찾아보자. 운동 하나만 꾸준히 해도 혼자 있는 시간이 짧아져 외로울 틈이 없다. 어떤 운동이라도(특히 집 밖에서 해야 하는 운동이라면) 이동 시간과 운동 시간, 돌아와서 샤워하는 시간, 운동하면 배고프니까 먹는 시간까지 하루에 최소 두세 시간은 그냥 지나가기 때문이다. 나는 요가에 푹 빠져서 요가하러 다녀온 뒤에도 집에서 따로 복습하고 공부했다. 그랬더니 저녁은 오로지 요가만을 위한 시간이 되었다. 그 운동 관련 장비나 운동복이 사고 싶어 쇼핑하는 단계까지 가면 정말 신이 나는데, 나에게는 그렇게 된 운동이 바로 수영과 요가였다. 수영복과 수모가 얼마나 예쁜 게 많은지. 요가복의 세계는 정말 끝도 없다. 내 주변에는 운동 때문에 주말 동호회에 나가는 사람들도 적지 않다. 좋아하는 운동 하나만 찾는다면 당신이 심심할 일은 없을 것이다.

✓ 시간 나면 하고 싶은 일 목록 만들기

어느 날 시간이 붕 뜨는 상황을 대비해 평소 보고 싶은 영화 목록, 책 목록, 가고 싶은 카페 등 생각나면 끄적이자. 핸드폰 메모장에 나만의 리스트를 차곡차곡 만들어 두면 좋다. 무료하다 싶으면 그 목록을 뒤적거려 그날 끌리는 일을 하면 된다.

나는 주말에 집 청소를 하는데, 전체적으로 청소하기 싫은 날엔 딱 한 군데만이라도 하기로 정했다. 바로 서랍장이다. 집 청소라고 생각하면 거창해서 하기 싫지만, 서랍장 정리는 묵은 일을 하나 해치운 듯해 기분 좋아진다. 서랍장은 금방 어질러지니 평생 혼자서 할 무언가가 있는 셈이다.

√ 일기 쓰기

꼭 예쁜 다이어리에 가지런히 써야 할 필요는 없다. 나는 기분에 따라 만년필로 노트에 적기도 하고 블로그에 사진과 함께 하루 일상을 올리기도 한다. 비공개로 그날의 기분을 욕과 함께 적기도, 메모장에 떠오르는 영감을 한 줄로 끄적이기도 한다.

어느 날은 잠이 오지 않아 오래된 일기장을 들여다본 적이 있다. 내가 이런 후진 생각을 했다니, 고작 이딴 걸로 걱정했다니. 정말 이런 하찮은 게 꿈이었다고? 그럼에도 그 안에는 정말 신기하게도 과거의 내가 미래의 나에게 주는 선물 같은 말들이 가득했다. 지금은 이해 안 되는 모습도 있지만 내가 이런 걸 썼나 싶을 만큼 멋진 위로의 문장들이 가득 차 있었다. 일기는 스스로 하루를 돌아보기에도, 혼자만의 조용한 시간을 갖기에도, 과거의 나로부터 위로를 받기에도 좋은 활동이다.

Dear-

여기는 춘천역이다. 고3 소풍으로 먼곳에서 기차를
기다리며 10년후 나에게 편지를 쓴답니다.
중학교때 정신못차리고 논던게 엊그제 같은데
어제 졸업반이라서.. 10년후 넌 일하고 있겠지.
네가 원하는 일을 하고 있었슴 좋겠어.
결혼은 했을수도 있겠지.
그다지 결혼은 지금 마음은 가기 싫지만.
지금너는 꿈은 꼭꼭이 둥여사 람다.

10년후 이걸보면서 꿈을 이루었슴 좋겠다.
오늘 불행한일은 없었슴 좋겠어!

남은 인생 행복해라!
독도 많이 벌고!

고3 때, 우리 반 모든 학생이 '10년 후의 나'에게 편지를 썼다. 이내 그 편지는 타임캡슐 속으로 자취를 감췄다. 시간은 흘러 반 친구의 결혼식 날이 되었는데, 그 친구는 반 아이 중에서 가장 일찍 결혼한 친구이다. 담임 선생님은 그날 결혼식에 참석한 친구들에게 각자 쓴 타임캡슐 편지를 돌려주셨다.

　몇 년 전 내가 내게 썼던 편지에는 "결혼을 했을 수도 있겠지, 그다지 지금 마음으로는 결혼하기 싫지만."이라고 쓰여 있었다.

　또래 중 가장 빨리 결혼식을 올린 친구는 학창 시절부터 항상 현모양처가 꿈이라고 말했던 친구였다.

　나는 중국어 통역사는 되지 못했지만, 대신 중국어를 하는 대만 통역사를 대동하고 각 나라의 해외 관광청들의 초대를 받아 여행을 다니며 영상을 제작하고 있다. 소원처럼 원하는 일을 하며 행복하게 만족할 만큼의 돈을 벌면서 말이다. 물론 과거의 마음도 20년 동안 변치 않아 결혼 역시 아직 하지 않았다.

✓ 산책

운동복을 갖춰 입고 제대로 하는 산책이 아니라도 좋다. 집에서 한두 정거장 전에 내려서 걷거나 마트갈 때 조금 먼 길로 돌아가는 것도 괜찮다. 나간 김에 가 보지 않았던 길로 걸음하면 익숙한 동네의 다른 면을 발견할 수 있다. 시골로 이사 온 이후 운전을 자주 하게 되었다. 그래서 시간 나면 집 근처에서는 내비게이션을 종료하고 원하는 길로 들어 일부러 뱅뱅 돈다. 모르는 길에 차를 세운 뒤 조금 걷기도 하고 말이다.

✓ 나만의 루틴 만들기

예) 퇴근 후 운동 갔다가 집에 오면 바로 씻기. 저녁 먹은 다음 누워서 넷플릭스 보기. 주말에는 빨래하기.

간단한 무엇이라도 좋다. 시작부터 거창하게 만들지 말자. 루틴을 구성하는 활동은 계속 추가하면 되니까.

✓ 모임

요즘은 자신의 취미나 관심사 모임을 찾는 일이 쉬워졌다. 주말에 1회만 진행되는 강연을 들어도 좋고, 강의 형태의 소모임도 좋다. 꼭 오프라인으로 참석하지 않더라도 온라인 커뮤니티로 정보를 공유하는 것도, 온라인 상에서 주기적으로 모여 무언가를 배우는 형식도 괜찮다. 예전에는 독서, 등산과 같은 활발한 교류를 위한 모임이 많았으나 최근에는 블로그 글쓰기, 유튜브 영상 기획, 부동산 임장 같이 원하는 분야를 배우고 부수입을 늘리는 모임이 추세다. 그렇게 자연스럽게 친구를 만드는 일이 점점 많아지고 있다.

최근 나는 차 마시기에 빠져 도자기 만들기 모임을 다녀 볼까 싶어 찾는 중이다. 요가를 좋아하니 주변인들이 원데이 클래스를 한다고 하면 살짝 끼어 따라다니고도 있다. 가끔 혼자가는 게 심심하면 함께 요가할 친구들을 모으기도 한다. 모임이라고 꼭 모르는 사람들이 많은 공간에 홀로 가야만 하는 건아니다. 얼굴만 아는 사이일지라도 취미를 공유하다 보면 자연스레 모임은 형성되니 걱정 말아라. 생각보다 당신 주변에는 공통된 취미를 즐기는 사람들이 많이 있을 테니까. 그들과 꾸밈없이 어울려 보자.

√ 워케이션 · 코워킹스페이스 · 공유 오피스

Work + Vacation. 일과 휴가를 합친 단어로 재택근무를 하는 사람들이 늘어나며 생긴 문화다. 원래 머무는 곳이 아닌 해외나 국내의 워케이션 전용 공간에서 숙박한다. 그렇게 공유 오피스에서 일하고 그곳에서 만난 사람들과 편안하게 네트워킹할 수 있다. 그곳에는 주로 마케터, 디자이너, 작가, 개발자 등 프리랜서로 혼자 일하는 사람들이 많이 모인다. 그 때문에 따로 모임을 가지 않아도 자연스레 공통 분야의 사람들을 만날 수 있다. 그리고 생각보다 다들 열심히 일하기에 거기에서는 집에서 홀로 작업하는 것보다 업무 효율을 높이기가 쉬울 것이다. 나 역시 글이 써지지 않아 시골에 있는 워케이션에 들어와 원고 작업을 하고 있다. 그 어느 때보다 몰입도 높게 말이다.

코워킹스페이스는 숙박 시설 없이 일만 하는 공간으로, 하루 입장료를 내거나 시간당 사용권을 구매하여 원하는 시간만큼 이용할 수 있다. 혼자 일하기 싫은 날, 열심히 일하는 사람들의 기운을 받고 싶을 때 종종 간다. 가끔은 노트북을 이용해야 하는데 마땅한 카페가 없어 방문하기도 한다. 카페 음료를 파는 곳도 많기 때문이다.

공유 오피스는 주로 월이나 연 단위로 사무실 공간이나 책상 하나를 빌려 다른 사람들과 함께 사용하는 형태다. 혼자 일하기 외롭거나 월세가 부담될 때, 혹은 동료가 필요할 때 이용하는 방식으로 보통 소규모 기업을 운영하는 사람들이 자주 찾는다. 내 지인 중 한 명도 공유 오피스에 입주했다. 그곳에서 일하시는 분과 말이 잘 통하고 공간이 예뻐서 더 열심히 일할 수 있을 듯해서라고 한다. 출근하면 옆자리의 다른 이가 열심히 일하는 모습이 보이는 것도 참 기분 좋다고도 덧붙였다.

미혼들의 자랑은 다 어디로 사라졌을까

오프라인, 온라인 할 것 없이 온통 기혼 관련 이야기 투성이다. 프러포즈, 결혼 준비, 결혼식, 신혼여행, 신혼집, 남편 자랑, 육아 용품, 자식 자랑, 신혼부부 돈 모으기, 딩크족, 주부 살림살이, 와이프 몰래 비상금 만들기 등…. 너무나도 많아서 다 나열하기도 힘들다. 그 안에서 미혼이라는 단어가 붙은 콘텐츠는 어디에도 보이지 않았다. 미혼이라는 말 대신 자취라는 그룹으로 묶이는 건 내가 완벽히 속하는 그룹은 아닌 듯했다. 사전에 찾아보니 자취는 '손수 밥을 지어 먹으며 생활함'이라고 정의되어 있다. 그 말도 틀린 건 아니지만, 그럼에도 좀 더 뾰족한 단어가 필요했다. 그럼 나는 어디에 속하는 사람이란 말인가.

이런 사실을 깨달으니 미혼이라는 단어를 사용하고 싶어졌

다. 온 세상에 기혼들의 자랑이 널려서 그런지 미혼들의 자랑도
보고 싶었다. 미혼의 삶을 알릴 필요가 있다. 조용히 알아서 잘
살아서 아무 것도 안 하는 것처럼 보이는 걸까. 자꾸만 결혼하
라는 말을 듣는 상황이 굉장히 어이없고 불쾌하며 참 무례하게
느껴졌다. 아마 미혼들은 '어디 하자가 있어 아직도 짝을 못 찾
았겠지.'라는 사회적 시선과 듣기 싫은 잔소리에 눈에 띄지 않
기로 작정한 게 아닐까. 그렇다면 매우 안타깝다. 누구에게도
피해 주지 않고 원하는 삶을 운영해 혼자 잘 사는 건 자랑할 만
한 일인데 왜 눈치를 봐야 하는 걸까. 미혼인 내 앞에서 결혼
자랑을 늘어놓는 건 당연하면서, 혼자 사는 게 즐겁다고 말하
면 왜 그대로 믿지 않는지.

　세상은 변하고 있다. 다수의 사람이 점점 미혼을 선택하고
있으며 그 누구도 상대의 행복을 멋대로 판단하고 충고할 자격
은 없다. 더 이상 관심 없는 기혼자들의 들러리 역할 말고 미혼
들의 자랑을 크게 듣고 싶다. 적어도 여러 선택지를 고려해 결
혼하기로 결정해도 내가 원할 때, 좋은 사람과 하는 편이 좋으
니까. 그래, 영원히 결혼하지 않겠다는 뜻이 아니다. 하지만 만
일 언젠가 기혼이 되어도 이 생각에는 변함이 없을 것이다.

정말 결혼 안 하는지 두고 보겠어

결혼에 별 관심 없다고 하면 정말 언제까지 안 하는지 두고 보겠다고 말한다. 그럼 나는 이렇게 답한다. "아니, 영영 안 하겠다는 게 아니라 그냥 자연스럽게 만나면 하고 아니어도 괜찮다는 건데. 현재는 혼자 잘 사는데 굳이? 라고 생각해요." 이후 따라오는 걱정의 잔소리들을 이제는 달달 외우다시피 할 정도다. 몇 년 전까지만 하더라도 괜찮은 사람을 만나려면 서둘러야지 나중엔 정말 다 채어 가서 남는 사람이 없다고 내게 재촉했다. 내 눈에는 그때나 지금이나 성에 차는 사람이 없는 건 마찬가지다. "살면서 스치는 사람들 중에 내 눈에 차는 사람은 인생에 몇 없던데요." 이렇게 말하면 "네가 진짜 괜찮은 사람이라면 그에 걸맞은 좋은 사람이 나타나는데, 본인 분수에 맞게 찾아야지. 그만큼 능력도, 외모도 안 되면서 눈만 높다."라고 또 혼나기 일쑤다. 그러니 못 만나도 괜찮다는 건데!

나이가 들어서 좋은 점은 적어도 빨리 결혼하라는 소리는 듣지 않는다는 것이다. 왜냐하면 나는 진작 사회가 정해 놓은 결혼 적령기를 지났으니까. 그래서 나이 들면 이제 그런 잔소리는 안 듣겠거니 싶었다. 낙오자가 되고 싶으나 세상은 쉽사리 낙오시켜 주질 않는다. 어떻게 해서든 결혼할 때까지 가만히 두지 않을 작정으로 외모, 건강, 노후 등을 인질 삼아 혼자 사는 사람에게 겁주기 시작한다. 그래도 세월이 흐르며 나의 인생으로 자연스레 증명한 흔적들 덕분인지 이제 말하지 않아도 주변인들은 알고 있다. 나는 그 누구의 도움 없이, 그 어떤 사람보다 혼자 잘 살 사람이라는 것을. 그러면서도 정말 결혼하지 않을 것인지에 대한 질문은 여전히 받고 있다. 얼마나 잘 사는지, 얼마나 대단한 사람을 만날지 지켜보겠다는 따가운 눈초리와 말들. 그런 이들에게 "당신 결혼 생활이나 잘하세요. 얼마나 잘 사는지 지켜볼게요."라고 되받아치고 싶은 걸 꾹 눌러 참는다. 그런 말을 하는 상대와 싸울까 싶어 참는 게 아니다. 내가 무엇하러 남이 결혼해서 어떻게 사는지 지켜봐야 하는가? 그럴 마음도 관심도 없으니 참을 뿐이다. 어쩌면 바빠 죽을 것 같은 삶 속에서도 내 인생에 관심 주는 그들에게 고마워해야 할지도 모르겠다. 관심 주서서 고맙지 않습니다. 알아서 잘 살겠습니다.

결혼 안 한 일,
인생에서 가장 잘한 일

누군가와 연애하기로 마음먹으면 최대한 마음에 드는 사람을 심시숙고해 사귄다. 한 명과 오랫동안 만나는 타입이다 보니 진지하게 결혼 이야기를 하다가 그렇게 결혼할 뻔한 적이 인생에서 3번 정도 있었다. 만약 당시 스스로가 정말 이 사람과 결혼하고 싶은 거냐고 제대로 묻지 않았다면, 그저 좋아한다는 이유만으로 결혼했다면 어땠을지 종종 생각하고는 한다. 아마 현재의 삶과는 정반대로 살았을 거라 확신할 수 있다. 평범하게 아이를 키우면서 보통의 삶에 행복해하지 않았을까. 물론 그 시간을 살아 보지 않았으니 그것도 좋겠다 싶지만 내가 원하는 건 그런 삶이 아니었다. 내 꿈은 지금껏 한 번도 결혼해서 좋은 아내, 엄마가 되는 것이었던 적이 없다. 그런 인생을 언젠가는 살지 않을까 하는 마음이었을 뿐이지, 정말 간절히 원하던 삶은 아니다. 지나온 사람들은 좋은 사람들이었다. 헤어지면서도 탈 없이 이별을 통보할 수 있었으니까. 항상 나의 이별은 주변인 모두가 이해하지 못했으며 나 역시도 스스로 이별에 대해 완벽히 이해할 수는 없었다.

　모든 헤어짐은 슬프지만 적어도 내 연애의 끝에는 눈물과 원망, 혐오는 없었다. 그저 그 사람과 내 인연이 여기까지임을 알았기에 결단 내리고 정리했다. 각자가 원하는 삶을 살아가길 바라며. 현재도 그 생각에는 변함없다. 함께했던 모든 이는 참 다정했고 좋은 사람이었으며 그들로 인해 많은 것을 배웠다. 내가 진짜 무얼 원하는지 바라볼 수 있게 도와준 고마운 존재들이기도 하니까. 그럼에도 그들과 결혼하지 않은 게 인생에서 가장 잘한 일이라니, 앞뒤 말이 맞지 않는 것처럼 느껴지겠다. 하지만 사실이다. 그대들, 나와 헤어져 줘서 고맙습니다.

결혼하자고? 우리 헤어져

　그는 26살에 만난 남자였다. 첫눈에 나는 그 사람과 잘될 것을 알아챘다. 이유는 간단했다. 그 사람의 작은 부분까지 내가 바라던 이상형의 범주에 들었기 때문이다. 술은 잘 마시지만 마셔야 할 때만 마시는 사람, 집에서 스테이크 구워서 와인 한잔하는 사람, 요리를 잘하는 사람. 이런 사소한 이상형 목록에 얼추 맞아떨어지는, 내가 좋아하는 골든 리트리버를 닮은 선한 인상의 남자였다. 게다가 키도 컸고 몸도 좋았으며 무엇보다 성실했다. 돈이 없던 백수 시절, 기념일 선물로 쌀 한 포대와 밀린 핸드폰 요금이나 내 달라고 하면 웃으며 기꺼이 내가 원하는 걸 해 주는 사람이었다. 이후 내가 안정적인 회사에 들어가 평범한 직장인이던 때까지 4년여간 한결같이 그는 다정하고 자상한 사람이었다. 단 한 번도 내게 화낸 적도, 서로 싸운 적도 없었다. 내가 일방적으로 분노하면 어찌할 바 몰라 눈물을 또르르 흘려 나 스스로 반성하게 만들었다. 또 당근 한 박스를 사서 즙을 내어 매번 우리 집으로 배달하기도 했고 쉬는 날에는 동생과 같이 사는 엉망인 집을 청소해 주기도 했으며 귀여운 도시락을 싸 주기도 했다. 언젠가 감기에 걸렸을 때는 배를 사 와 배즙을 만들어 건네기도 했다. 그 사람은 미래의 와이프를 위해 온갖 요리, 베이킹과 마사지까지 학원을 다니며 배우는 지극정성을 보이는 남자였다. 그렇게 우리 사이에는 자연스레 결혼 이야기가 흘러나왔다. 나만 마음먹는다면 당장 내일이라도 결혼할 수 있는 상황이었다.

그러나 한참이 지나도 내가 결혼할 마음이 없다고 하자 갑갑했는지 어느 날 우리 부모님부터 만나 설득하고 싶다고 했다. 다행히 엄마는 나부터 설득하라고, 그게 아니면 만나 주지 않겠다며 멀리 여행을 떠나 버렸다. 그 사람과 만나는 4년 동안 참 평온했다. 결혼한다면 이 사람은 분명 좋은 남편이자 아빠가 될 것이고, 나만 괜찮다면 평생 별일 없이 화목한 가정을 이루어 잘 살 수 있을 듯했다. 하지만 내가 원하는 게 그런 평범한 삶인가에 대한 물음이 생겼다. '정말로 지금 결혼해서 조용하게 살고 싶은 거야?' 그렇다기엔 아직 하고 싶은 걸 만족할 만큼 하지 못했다는 생각이 들었다. 해외에서 길게 살아 보고 싶은 마음을 떠올리자 그에 대한 열망이 점점 부풀었다. 그렇다면 역시 결혼하면 안 될 일이다. 다니던 회사를 퇴사함과 동시에 남자도 정리했다. 남자는 홀로 해외에서 살아 보겠다는 내 의지를 반대할 순 없지만, 혼자인 게 걱정되니 따라가서 적어도 외국에서 자리 잡기까지 한 달이고 함께 머물러 주겠다고 했다. 하지만 나는 더 이상 그런 식으로 누군가의 도움을 받고 싶지 않았다. 이제 내 앞가림은 나 혼자 해 봐야지, 한국에서 자리 잡아 잘 사는 그 사람의 인생까지 휘몰아치게 하고 싶지 않았다.

미안하지만 애초에 사랑이라는 감정은 그리 크지 않았다. 그저 남자 친구가 있는 것이 없는 것보다는 나았고, 헤어질 이유도 딱히 없었을 뿐이다. 그 때문에 시간이 흘러 오랫동안 관계가 유지되었다. 이런 관계로 남은 인생을 그럭저럭 보내면 훗날 내 인생에서 가장 후회할 일이 될 거라는 생각이 강렬하게 들었다. 그렇다면 헤어지는 게 정답이다. 헤어지면 한동안 허전하고 불편하겠지만 고작 내 인생에서 4년이었다. 그 사람 없이도 잘 살았었으니 없어져도 살아 낼 수 있는 건 분명했다. 꽤 오래 만났기에 몇 달간의 유예 기간을 선고하며 이별의 기운을 서서히 맞이하게끔 했다. 그게 내가 할 수 있는 마지막 배려이자 예의였지만 결국 우리의 마지막은 나의 전화 통보로 막을 내렸다. 그 사람은 아무리 시간을 주어도 이 상황을 받아들일 수 없었나 보다. 마지막으로 얼굴 보고 이야기하자는 그의 말에 집으로 찾아오면 경찰을 부르겠다고 했다. 내 말이 거짓이 아님을 감지한 그는 우리 집 창밖에서 내려다볼 수 있는 곳에 몇 시간을 서 있다가 결국 떠났다. 그것이 우리 4년 만남의 마지막이었다.

내 마음에 드는 회사에 들어가고 원하는 남자 친구를 만드는 일은 결코 쉬운 일이 아니었다. 하지만 모든 걸 내던지고 망가뜨리는 일은 내 마음 하나면 충분했다. 아마도 그런 이유에서 퇴사도 이별도 힘든 일인지 모르겠다. 그래도 괜찮다. 내가 필요해지면 다시 구하면 된다. 원하는 걸 다시 쌓아 올리는 데에 시간이 걸릴 뿐 영영 할 수 없음을 뜻하는 건 아니니까. 내가 원하는 세계를 만들 의지만 있다면 언제든 무너뜨릴 수도, 다시 쌓을 수도 있다. 오직 내 뜻대로 내 시간에 맞춰 설계해 나가면 된다. 나만의 세계를 구축하는 게 처음이라면 당연히 마음에 들지 않는 일도 있을 테니 서러워할 필요 없고 자기 연민에 빠질 필요도 없다. 내게 필요한 게 아니라는 걸 인정하고 처음부터 다시 시작할 용기만 있으면 아무래도 괜찮다. 원하지 않아도 시간은 흐른다. 그렇게 당신만의 세계가 확장된다.

호텔 청소부와 파일럿의 결혼이 말이 되냐

호주에서 2년간 워킹 홀리데이라는 비자로 밤낮없이 주 7일 간 일하던 시기가 있었다. 오전에는 당시 집 바로 앞에 있는 호 텔에서 하우스 키퍼로, 오후에는 편의점에서 캐셔로 10시까지 일했다. 그런 상황이 너무나도 피곤해서 매일같이 인상 찌푸린 채 게으름 부리며 객실을 청소했다. 그 호텔은 한 회사에서 직 원들이 머무는 장기 투숙 숙소로 이용하고 있었는데, 어떤 방 들은 호텔이 아닌 레지던스 형태를 하고 있었다. 세탁기, 주방, 거실 등이 있는 큰 객실이라 청소 시간도 오래 걸리고 여간 까 다로운 게 아니었다.

어느 날 청소 파트너와 함께 방을 청소하러 들어갔는데 투 숙객이 안에서 쉬고 있었다. 나중에 다시 오려고 했으나 그는 괜찮으니 들어와 청소해 달라고 했다. 파트너는 욕실과 방을,

나는 주방과 거실을 청소하기로 했다. 당시 투숙객은 심심했는지 내게 스몰톡을 걸어 왔다. 그 사람은 이 지역에서 일하는 파일럿이라고 했다. 마침 일이 너무 하기 싫었던 나는 하라는 청소는 안 하고 그 사람과 온종일 수다만 떨었다. 정신을 차렸을 때에는 이미 모든 청소를 마친 파트너가 사라진 후였다. 퇴근 시간이 되었다는 뜻이기도 했다. 놀란 나머지 객실 전화기 옆에 놓인 메모지에 내 전화번호를 휘갈겨 주고 퇴근했고, 집에 도착하자마자 그 사람에게 데이트 신청을 받았다. 마침 다음 날이 공휴일이라 우리 둘 다 오전 시간이 비어 있는 상태였다. 그래서 그 시간을 이용해 커피 한 잔 마시며 이야기를 나누었다. 그렇게 얼마 지나지 않아 그 파일럿 손님과 호텔 청소부였던 내가 사귀게 되었다. 아무리 생각해도 그 사람이 날 만날 이유가 없는데 싶었지만 아무렴 어떤가. 영어나 배운다는 생각으로 만나기 시작했다. 그는 영국인이었고 교양 있는 문장을 구사했기에 내 영어 실력 향상에 도움 되면 좋겠다는 마음이었다.

그렇게 별생각 없이 시간은 흘렀고 우리는 생각보다 진지한 사이가 되었다. 그 사람은 본인과 다르게 감정을 그대로 드러내는 내 모습과 내가 살아온 인생을 좋아했다. 게다가 그 사람에게 이래라저래라 명령을 많이도 했는데 나의 그 부분을 좋아했다. 날 만나러 오는 길에 꽃 한 다발 사 오라고 한 적도 있었고, 그가 알아서 선물을 사다 주면 마음에 들지 않아 이런 걸 누가 좋아하겠냐고 타박하기도 했다. 그런데 그는 이런 반응을 오히려 좋아했다. 영국인 특성상 감정을 남에게 보이는 일이 흔하지 않고 누군가 자신에게 명령하는 일을 태어나서 한 번도 겪어 보지 못했다는 게 이유였다.

나 또한 감정 변화가 거의 없고 진지하며 철두철미한 그 사람이 나와 반대이기에 좋았다. 우리는 함께 여행하면서 즐거운 시간을 쌓았다. 하지만 당시 나는 그 사람과 별개로 정신적 타격을 겪고 있었다. 먼 타국에서의 삶은 아무리 시간이 지나고 노력해도 나를 타지인이라는 틀에서 빼내 주지 않았다. 한국에서 누리던 평범한 순간들을 너무 하찮게 생각했던 모양이다. 그래서 매일 자책하는 삶을 살았고 그 자책이 오랫동안 지속되어 병이 된 듯했다.

이런 게 정말 내가 바라던 잘 사는 삶인가? 잘 사는 건 대체 뭐란 말인가? 원초적인 질문을 늘 되뇌니 연애고 뭐고 다 필요 없어졌다. 그런 질문들에 홀로 답하는 과정에서 옆에 있던 사람마저 부질없게 느껴지기 시작했다. 그런 날들이 이어지다가 결국 입 밖으로 내뱉고 말았다. "너는 좋은 사람이고 나는 여전히 너를 좋아하지만, 지금은 나 스스로도 벅차서 헤어지고 싶어. 그냥 그러고 싶으니 내 의견을 존중해 줘. 혼자 있고 싶으니 이제 우리 그만 헤어졌으면 좋겠어." 나의 말에 수화기 너머 그는 슬프지만 이미 내가 내린 결정이니 존중하겠다고 답했다. 정말 이리도 아름답게 헤어질 수 있구나 싶을 만큼 평화로운 이별이었다.

그 이후로도 그 사람은 미리 준비해 뒀던 나의 생일 선물을 조용히 집으로 보내 주거나 크리스마스에도 편지를 보내면서 멀리서나마 항상 나를 응원했다. 몇 년이 흘러 오랜만에 그에게서 연락이 왔다. 나는 다른 사람을 만나 잘 지내고 있으니 더 이상 걱정하지 말라는 뜻에서 내가 운영하는 여행 유튜브 채널 링크를 보냈다. 시간이 지나 그로부터 다시 연락이 왔다. 내가 사귀던 사람과 헤어진 것을 유튜브를 통해 알게 된 듯했다. 몇 년 만의 통화에서 그는 우리가 다시 만나는 건 어떤지 내 의사를 물었다. 그동안 많이 생각해 봤는데 이제는 우리가 결혼을 전제로 만날 수 있을 듯하니 다시 한번 진지하게 만나 보자는 이야기였다. 우리가 헤어진 그간, 그 사람은 홀로 우리 관계를 곱씹었다고 했다. 아무래도 내가 헤어지자고 했을 때 곧장 받아들인 일을 후회하며 지냈던 모양이다. 나는 10초 정도 고민하고는 그 자리에서 싫다고 답했다. 이유는 그 사람과 함께인 모습보다 혼자인 내 모습이 더 마음에 들었고, 우리는 나이 차이도 꽤 많이 났기 때문이다. 그는 처음엔 단호한 거절로 슬픔에 잠겨 울었다. 그에 나는 "20년 후에도 나는 젊을 텐데 네가 먼저 늙어 버려서 내가 네 휠체어 끌고 다니는 모습을 생각하니 정말 억울하고 싫어!"라고 말했고, 우리는 같이 크게 웃었다. 현재 우리는 그저 아주아주 가끔 안부를 물으며 서로 잘 살기를 바라는 사이로 남았다.

그 사람은 더 나이 들었지만 여전히 혼자 지낸다. 요즘은 출장을 다니지 않아 그토록 원하던 개 한 마리를 아이처럼 키우며 행복하게 살고 있다. 그에게는 인생에서 두어 명의 파트너가 있었지만 그녀들은 모두 안정적인 가정생활을 원했고, 때문에 매번 이곳저곳 비행하는 그와 이별하고 다른 남자와 결혼했다고 한다. 그렇게 살다 보니 어쩌다 한 번도 결혼하지 않은 사람이 되었다고. 나는 우리가 함께 나눴던 대화를 아직도 기억한다.

"그렇게 직업 때문에 결혼 못 한 것에 대해서 후회하지는 않아?"

"가끔 후회하지만 그래도 괜찮아. 왜냐하면 나는 내 일을 너무나도 사랑하거든. 까만 밤하늘에 떠 있는 별을 보면 정말 행복해서 이렇게 된 걸 후회하지 않아."

나는 그와 함께 지내며 어쩌면 나의 미래가 이 사람처럼 되진 않을까 상상했다. 그리고 그 또한 나쁘진 않을 거라는 결론에 도달했다. 우리가 헤어진 지 벌써 8년 정도가 흘렀고 내 예상대로 나도 그처럼 홀로 살아가고 있다. 그는 내게 무척 고마운 사람이다. 혼자서도 잘 사는 누군가의 모습을 미리 볼 수 있었으니까. 그래서 여전히 그 사람이 혼자서, 또는 누구를 만나 어디서든 잘 살기를 바란다.

이토록 쉬운 이별

호주에서 한국으로 돌아오자마자 우연히 친구를 통해 한국으로 휴가 온 독일인을 만났다. 나보다 7살이나 어린 남자였다. 처음에는 친구가 자신은 너무 바쁘니 둘이 먼저 만나 놀고 있으라고 했다. 그에 나 또한 해외에서 외국인들의 도움을 잔뜩 받았으니 이번에는 내가 도와줄 차례라는 사명감을 가졌다. 그래서 나는 내 차에 그 독일인을 태우고 이곳저곳을 구경시켜 주었다. 약 한 달가량을 그와 매일 만나 데이트를 다녔다. 나와 있는 시간을 즐거워 하는 그를 보며 초반에는 어린 친구가 낯선 곳에 여행 왔는데 내가 친절하게 대해 주니까 기분 좋은가 보다 하고 대수롭지 않게 여겼다. 그런데 여행 마지막 날, 그는 내게 다음 달 한국으로 다시 돌아오겠다고 약속했고, 정말 그 약속을 지켰다. 독일로 돌아가 남은 휴가를 회사에 몽땅 내고는 내 생일에 맞춰 한국으로 돌아온 것이다. 캐리어 한쪽에는 내가 필요로 했던 독일산 생리대와 데이트 비용으로 쓸 돈 200만 원의 현금과 함께.

그는 꽤 진지했다. 사귀는 동안 한국과 독일, 유럽, 발리 등을 오가며 1년 반 정도 장거리 연애를 했다. 그때까지만 해도 이 사람과 헤어질 거라고는 생각하지 못했다. 함께 있으면 항상 즐거웠고 보고만 있어도 좋았다. 같이 다니면 이상하리만큼 전 세계 사람들이 우리를 귀여워했고, 살면서 처음 겪는 여러 일들을 그와 함께했다. 그만큼 우리는 잘 어울리는 연인이었다. 시간이 흐르면서 이 사람과 결혼해도 괜찮겠다는 생각을 태어나 처음으로 해 봤다. 독일 사람은 문화 특성상 사랑한다는 말은 연인 사이에서도 아주 진지한 관계일 때에만 하고, 평생에 한 사람에게만 하리라 마음먹는다. '이히 리베 디히(Ich liebe dich)'. 나는 너를 사랑해. 그에게 이 말을 사귄 지 14일 만에 들을 정도로 우리는 잘 맞는 사이였다.

한국으로 돌아온 후 하고 싶은 일이 생겨 자격증을 준비하던 시기가 있었다. 그러다 독일에서 공부해 보자 싶어 3개월간 그 사람 집에 머물렀다. 시간이 지날수록 그 생활이 조금씩 무료해져 재미 삼아 국제 커플이라는 주제로 유튜브를 시작했는데, 놀랍게도 시작하자마자 너무나도 빠르게 좋은 반응이 터진 것이다. 엉망진창이던 편집 실력과 관계없이 조회 수가 잘 나왔고 구독자도 늘어 한 달 만에 이전 회사에서 받던 월급 정도를 벌 수 있었다. 하지만 나는 3개월짜리 관광 비자 만료로 다시 한국에 돌아가야만 했다. 그 이후로도 각자의 나라를 오가며 틈틈이 영상 찍고, 혼자 있으면 영상을 편집하는 나날의 연속이었다. 그러던 어느 날, 문득 내가 그토록 원하던 삶이 여행하며 돈 버는 일이라는 걸 떠올렸다. 여행 유튜브로 수익이 난다면 홀로 여행하며 영상을 만들 수 있지 않을까 하는 생각이 번뜩였다.

그렇게 국제 커플에서 여행으로 주제를 바꿔 영상을 제작하기 시작했다. 처음에는 추운 겨울에 쌀국수가 먹고 싶어 동생과 베트남 배낭여행을 떠난 게 시초였다. 동생은 일 문제로 베트남에 같이 있다가 한국으로 먼저 귀국했고, 아마 그때부터 나 홀로 여행을 시작했던 것 같다. 그동안은 국제 커플이 내 유튜브 채널의 주 콘텐츠였기에 주제를 바꾸면 과연 누가 봐 줄까 걱정도 되었다. 그러나 그건 기우였는지 생각보다 더 다양한 사람들이 내 영상을 좋아해 주었고, 엉겁결에 여행 유튜버로 데뷔해 버렸다. 기대 이상의 반응에 이런 기회를 놓칠 수는 없다고 느꼈고, 그 작업에 꽂혀 신나게 영상 만들기에 집중하다 보니 어느새 남자 친구는 뒷전이 되었다. 그즈음 그에게 큰 시련이 닥친 것도 모른 채로.

그가 다니던 직장이 사정이 안 좋아서 문을 닫는 지경에 이르렀다. 그에게는 첫 직장이자 6년 이상 다닌 곳이라 뜻깊은 곳일 테다. 회사 사정이 나아지지 않자 처음으로 남자 친구와의 연락 횟수가 줄기 시작했고, 동시에 그는 급격한 우울증에 빠졌다. 나는 그와 통화할 때면 걱정하지 말라는 위로를 건넸지만 시간이 지나도 그의 상태는 괜찮아질 기미가 보이지 않았다. 그 상황은 결국 우리의 관계에까지 영향을 미치고 말았다. 나는 그를 어떻게 도와주면 좋을지 도저히 알 수 없었고, 그 정도로 심각하게 받아들여야 하는 상황인지도 납득 가지 않았다. 당시로는 실업 급여를 6개월이나 받을 수 있었고, 이 사람의 직업 특성상 이직도 어려워 보이지 않았기 때문이다. 아무래도 그에게는 나름 첫 직장이었고 나이 또한 어렸으니 심적으로 더욱 큰 충격이지 않았을까 싶다.

그러나 당시 나는 도무지 그를 이해하기 어려워 영상 통화로 길게 이야기를 나누었고, 왜 그렇게나 힘들어하는지 이유를 듣게 되었다. 그는 홀로 우리의 미래 계획을 다 세워 놓았는데 본인이 실직해 버려서 마음먹은 시기에 프러포즈할 수 없게 되었다는 것이다. 인생의 모든 게 전부 엉망이고, 자신의 가치마저 쓸모없어졌다고 단정을 지었다. 직장을 잃으며 자신이 더 이상 나에게 쓸모 있는 존재가 아니라는 생각에 사로잡혔다고 했다. 그 말에 황당함이 차올랐다. 살면서 고작 직장 한 번 잃은 것을 가지고 이렇게 무너지다니. 가슴이 갑갑했다. 나는 그에게 금전적으로 도움을 줄 수 있고, 원한다면 다시 내가 독일로 돌아가 함께 지낼 수 있다고도 했다. 덧붙여 함께 여행하며 유튜브로 수익을 만들자고도 말했지만 소용없었다. 이미 그는 심한 무력감에 빠져 나조차도 어찌할 수 없는 상태였다. 결국 참다 못해 나는 입을 열었다.

"그래서 넌 나랑 계속 사귀고 싶어?"

"너는?"

"나는 여전히 너를 사랑하지만, 계속 이런 식이라면 내 파트너로서 너를 어떻게 믿고 함께하겠어? 네가 이만큼 힘들면 당연히 파트너인 내게 상황을 알리고 같이 문제를 해결해 나가야 한다고 생각하는데 너는 그러지 않았어. 그건 내가 너에게 의지할 만한 사람이 아니라는 생각까지 들게 만들어. 그래서 우리가 지금껏 쌓은 관계가 잘못되었다고도 느껴져. 너는 왜 힘든 상황을 내게 말하지 않은 거야? 물론 네 탓이 아니야. 아무래도 내 잘못인 것 같아. 너에게 그런 신뢰를 주지 못해서 미안해. 이런 상태로는 우리가 좋은 파트너라 생각되지 않아. 앞으로 같이 살아가려면 이보다 더 큰 시련이 많을 텐데, 그럴 때마다 이런 일이 벌어질 거라 생각하면 나는 어떻게 해야 할지 잘 모르겠어. 너도 잘 모르겠다면 생각 정리하고 언제든 다시 연락해."

그 이후 그는 한 달이 넘도록 연락 한 번 하지 않았다. 하루도 빠짐없이 수십 번 먼저 연락하던 사람이었는데. 이럴 줄은 상상도 못 했기에 나는 그를 걱정하긴커녕 괘씸하다 여겼다. 이런 사람의 뭘 믿고 결혼을 생각했나 싶은 마음과 이게 진짜일 리 없다는 심정으로 현실을 부정하며 하루하루 그를 방치했다. 여행하고 유튜브를 운영하며 거기에 온 정신과 체력을 쏟았고 힘들어하던 그 사람에게 먼저 연락하지 않았다. 와중에 나는 혼자 해외여행 중인데 걱정도 되지 않나 보다라는 서운함, 댓글에 시시때때로 남자 친구와의 영상은 언제 올라오냐는 구독자의 질문 등이 나의 신경을 건드렸다. 이런 상황에서도 나는 그보다 내가 먼저였다. 그를 아무리 사랑해도 이 사실만은 변함없었다. 헤어진 상태도, 그렇다고 잘 지내는 상태도 아닌 이 모호한 관계가 그저 성가셨다. 한 달이라는 시간이 더 흐르자 이제는 이렇게 지낼 수만은 없겠다 싶어 내가 먼저 메시지로 관계를 정리했다.

그에게 마지막 연락을 하면서도 '못됐네. 나쁜 역할은 나만 하게 만들고.'라는 마음만 잔뜩 들었다. 내게는 최선을 다한 사랑도 고작 이 정도의 얄팍한 마음이었나 싶어 그에게 조금 미안하기까지 했다.

"우리 이제 그만 관계를 끝내는 게 좋을 것 같아. 유튜브에 너와 함께 나온 영상들은 어떻게 할까?"

"응, 그러자. 영상은 네 마음대로 해."

"그래, 알겠어. 잘 지내."

"너도 잘 지내."

잘 기억나지는 않지만 이게 우리의 마지막 대화였다. 그러고는 우리가 헤어졌다는 소식을 유튜브 채널에 글과 영상으로 빠르게 올렸다. 속이 다 후련했다. 너무나도 사랑해서 결혼까지 생각했던 사람이었는데 이상하게 눈물 한 방울 나오질 않았다. 그 이후로도 꽤 오랫동안 정말 우리가 이렇게 헤어졌다는 생각에 사로잡혀 현실성 없는 삶을 살았다. '이별 후 슬픔이 이렇게나 없다고?', '내가 인생에서 가장 최선을 다해 사랑했던 사람이었는데 아무렇지 않다고?'라는 물음이 나를 길게 따라다녔다. (사실 지금도 저렇게 헤어진 일이 스스로도 도통 이해가 가질 않는다.)

시간이 흘러 여행을 마치고 한국으로 돌아왔던 그해 겨울, 길을 걷다가 문득 덤덤해진 마음을 알아챘다. 아무래도 한동안 연애는 하지 않을 듯했다. 그 사람과의 시간에 내가 쏟을 수 있는 최대치의 연애 에너지를 소진했으니 충분했다. 함께한 그 시간이 참 즐거웠다. 그 사람은 얼굴만 봐도 좋았다. 나를 많이 웃게 해 줬으니 고마운 사람이었다. 게다가 내가 원하는 삶을 살게 만들어 주기도 했다. 앞으로도 이보다 더 큰 행복을 가져다줄 사람은 아무래도 찾기 힘들것 같다. 아니지, 찾고 싶은 마음도 없다. 당분간은 정말 사랑을 쉬어야겠다.

주변 사람들은 내 이야기를 들으면 아무도 믿지 않았다. 정말 그게 끝인 거냐고. 그럼 나는 정말로 그렇다고 했다.

"차라리 걔가 바람 나서 차인 거라면 마음이 더 좋겠어. 그러면 우리의 이별이 이해되잖아. 그런데 나는 도무지 납득이 안

돼. 그렇다고 또다시 연락해서 구구절절 이야기해 보고 싶은 마음이 드는 것도 아니야. 참 이상하지."

이렇게 답하면 다들 입을 꾹 닫는다. 딱 한 사람, 내 친동생은 솔직하게 이야기했다.

"언니는 참 미쳤다. 걔가 그런 상황이면 언니가 계속 위로해 주고 옆에 있어 줬어야지. 사이코패스야? 난 진짜 그 사람 마음 충분히 이해되는데."

그 소리를 듣고 다시 생각했지만 역시 이해되지 않았다. 다시 그 시간으로 돌아간다고 해도 나는 같은 선택을 했을 게 분명했다. 아무래도 나는 누군가를 만날 준비가 앞으로도 되지 않을 것 같다. 누구를 만나 서로의 아픔을 챙겨 주는 일이 내게 이렇게 벅차다니. 역시 나 홀로 1인분의 삶을 살아가는 편이 좋겠다. 2인분의 그릇은 너무 무겁다.

약 4년 전 그 사람과 헤어지고 마음먹었던 연애 휴식기에 대한 결심은 놀랍게도 아직 변한 적이 없다. 나는 여전히 혼자서 잘 지내고 있다. 매년 시간이 흘러 연애하지 않는 상태가 오래 지속되었음에도 불만은커녕 늘 좋기만 하다. 이것으로 연애는 내게 필수가 아님이 밝혀졌다.

너보다 나를 더 사랑해서 미안하지 않아

아직도 '우리'보다는 '나'가 인생의 우선순위다. 함께 미래를 그리기보다는 내가 원하는 미래와 내가 하고 싶은 일들이 가득해서 현재 계획을 수정할 생각이 없었다. 내 인생 계획의 메인 테마는 '원하는 만큼 여행하면서 돈을 벌고 사는 것'이다. 그런데 이 계획에 반려자와 임신, 육아가 끼어드는 상상을 하자 고난이 밀려들었다. 결혼하면 내 목표는 아주 느리게 이루어지거나 다른 모양으로 흘러가거나, 아니면 시도조차 못 할 수도 있었다.

여자 여행 유튜버 중 임신한 몸으로 아이와 함께 세계 여행하는 것을 본 적 있는가? 우선 한국에선 보지 못했다. 상상만 해도 힘들고, 또 대단한 일이다. 그러나 그런 일은 하고 싶지도 않을 만큼 생각만으로 지쳐 버렸다. 부른 몸으로 큰 배낭을 메고 오지를 여행하는 일이라. 어쩌면 가능할 수도 있겠으나 그런 여행을 해 보면 안다. 그냥 홀몸으로도 세계 여행 콘텐츠를 만드는 일은 정신적 · 체력적으로 힘에 부친다.

장시간 버스를 타고 온수도 제대로 나오지 않는 마을에 도착해 알아듣기 어려운 언어를 사용하는 사람들 사이에 끼어야 한다. 호객 행위에 시달려 카메라에 대고 이야기하면 누가 이걸 훔쳐 가지는 않을지, 소매치기당하지는 않을지, 이 영상 사용할 수는 있을지 신경을 곤두세운다. 매 순간 초 단위로 감각에만 의존해 숙소를 찾고 어딘가에 쭈그려 콘텐츠를 만들며 느려 터진 인터넷으로 겨우 영상을 업로드한 후 다음 날 여행을 이어가는 과정은 컨디션 좋은 상태에서도 힘들다. 물론 부부끼리, 또는 아이와 함께 다니는 사람들도 있지만 그건 나중에 기회가 오면 할 일이다. 기본이 혼자인 내 인생에서 홀로 하고 싶은 일은 너무도 명확했다.

두 사람의 의견을 맞춰 다니는 것보다 혼자 여행하는 편이 훨씬 쉽고 간편했으며 빨랐다. 의견 조율 과정에서 싸울 일 없이 혼자 목표를 만들고 수정하고 이행하는 게 매우 효율적이고 효과적이라고 느꼈다. 만일 내가 과거의 사람 중 누군가와 결혼했다면 현재의 삶은 없었겠다 싶다. 과거의 내가 꿈꾸던 삶은 그저 꿈으로만 머물렀으리라.

결혼해서 아이를 키우는 삶에는 다른 행복이 있겠지만 그건 미루거나 못 해도 후회가 없다. 세계 각국의 관광청에서 같이 일하자는 제안을 받고 이전 월급의 몇 배를 벌며 여행 다니는 일, 콘텐츠를 만드는 일이 즐겁다. 불특정 다수가 내 영상과 글, 사진을 보고 그 나라 비행기 표를 구매하는 것, 다녀온 사람들의 행복한 후기를 우연히 발견하는 일, 나로 인해 인생이 바뀌었다는 사람들의 말이 나를 웃게 만들었다. 과거의 나는 우연히 발견한 블로그 사진 한 장, TV에 나온 여행지를 보고 불쑥 그 나라로 떠나고는 했다. 이제는 반대로 내가 누군가에게 그런 영향을 줄 수 있는 사람이라는 게 아직도 꿈만 같다. 그래서 매일을 감사하는 기분으로 살고 있다.

내가 여행으로 인생이 바뀌었듯, 누군가도 나의 콘텐츠를 보고 마음에 쏙 드는 인생을 건졌으면 한다. 내 직업이 여행이라는 데에 도취하며 사는 삶, 그것 하나만으로도 마음이 넘치도록 풍족하고 세상이 아름다워 보인다. 혼자서도 잘 사는 모습을 보면서 누군가는 '그래도 힘들지 않을까?' 생각할지도 모르겠다. 그러나 그 생각은 틀렸다. 내 인생 만족도는 여기서 무언가를 더 보태지 않아도 좋았다. 현재로도 정말 행복하고 괜찮다. 이렇게까지 좋을 수가 있나 싶을 정도로 혼자 잘 살고 있으니 후회는 없다. 이대로 내일 생을 마감한다 해도 나는 웃으며 말하겠다. "내 삶은 참 즐거웠으니 여한은 없다."라고.

결혼 왜 안 해?

"결혼 왜 안 해?" 잘 모르는 사이에서 대화의 흐름을 끊지 않으려고 "How are you?" 툭 튀어나오는 안부 인사처럼 이런 질문을 자주 듣는다. 자주 듣는 것과 별개로 이런 질문을 받으면 잠시 멍해지며 선뜻 어떤 답을 꺼내기 어렵다. 이유를 찾자니 잔뜩 있고 어떻게 보면 이유가 없기도 해서이다. 그럼 나는 반대로 왜 결혼해야 하는지 묻곤 한다. 만약 질문한 이가 기혼자라면 여러 자랑을 듣는 수가 있다. 어쩌면 내가 그렇게 물어보기를 기다렸다는 듯 줄줄 결혼의 장점을 나열한다. 궁금하지 않으나 대부분 하는 말이 똑같아서 이제는 그들의 답을 알고 있다.

결혼해서 좋은 사람도 있고 좋은 점도 많아 보이지만, 이 질문에 대한 나의 답은 '당장 꼭 해야 하는지 아직 잘 모르겠다.'다. 정말 그게 전부다. 어떤 계기로 비혼주의자가 되겠다고 결심한 사람들도 있겠지만 나는 그렇지 않다. 어쩌다 보니 여태 혼자 꾸린 이 삶이 좋고 그래서 결혼을 평생 하지 않는다 한들 정말로 괜찮았다. 이 나이까지 결혼 안 한 일이 특별하다는 걸 스스로가 알아챈 지도 얼마 되지 않았다.

어느 날, 친한 친구의 결혼식에 다녀왔다. 참으로 사랑스럽고 예쁜 결혼식이었다. 내가 해외에서 몇 달간 체류하는 동안 친구는 자신의 결혼식을 파티를 기획하는 사람처럼 준비했다. 나 역시도 친구의 결혼 준비 과정을 들으며 함께 기대했다. 예식을 다녀와 친구의 사진을 정리하며 축하하는 마음을 가지다가 문득 깨달았다. 이제 정말로 나와 동갑인 친구 중 결혼하지 않은 사람이 거의 없다는 것을. 그 사실이 불현듯 어색하게 느껴졌다. 어쩌면 내가 결혼하지 않는 것보다 다들 비슷한 나이가 되면 결혼하는 게 더 신기하지 않나. 나는 그냥 그대로다. 오늘도, 어제도, 십 년 전에도 결혼하지 않은 상태. 그러니 결혼을 왜 안 했는지 묻지도 궁금해하지 않아도 된다. 생각보다 별이유 없을 테니까.

나의 삶을 왜 계속 증명해야 하나요

결혼 안 했다고 하면 어디 문제 있다고 생각하는 사람들이 안타깝지만, 지금도 그런 사상을 가진 이들이 널려 있다. '아니라고 반박할 생각은 하지도 말아라.' 대놓고 말은 못 해도 얼굴이 드러나지 않는 곳에서는 잘만 떠들고 있다. 정말 제정신인가 싶을 정도로 할 말 못 할 말 구별 않는 사람들을 직접 경험하는 중이다.

하루는 결혼 관련 게시물들이 내 SNS 피드를 꽉꽉 채우는 걸 보고 의문이 들어서 미혼 콘텐츠를 만들기로 마음먹었다. 아무도 드러내지 않는 미혼의 삶을 내가 먼저 자랑하고 싶었다. 게시물을 올린 나는 당연히 미혼들의 지지만이 기다리고 있을 줄 알았다. 왜냐하면 평소와 같은 일상 콘텐츠에 '미혼'이라는 단어만 붙였으니까. 기혼자는 바보, 결혼은 미친 짓이라는 폄하 발언은 절대 하지 않았다.

그러나 정말 놀랍게도 혼자 잘 살고 있다는 내 미혼 게시물에 "결혼해도 좋아요."라고 부연 설명하는 댓글들이 달렸다. 그 정도는 그럴 수 있다고 생각했는데 알고리즘이 내 콘텐츠를 수백만 명에게 뿌리면서부터는 정신이 혼미해지기 시작했다. 부정적인 댓글들도 수없이 많았지만 몇 가지 정리해 보겠다.

「잘 살면 이런 건 왜 말하냐. 조용히 살면 되지.」
「결혼 안 한 게 아니고 못 한 거 아님?」
「어디 얼마나 혼자 잘 사는지 보자.」
「늙어서 아프면 서럽다.」

결혼 안 하고 혼자 잘 사는 것을 말했다는 이유로 정신적으로 결핍 있는 사람까지 됐다. 진짜 홀로 잘 사는 이들은 굳이 이런 게시물을 올리지 않는다면서.

결혼해서 행복하다는 사람에게 "너 이러다가 이혼하면 어쩌려고. 조용히 살아.", "결혼 생활 안 행복한가 봐? 자꾸 자랑하네."라고 말하면 바로 인성 파탄자로 몰릴 게 뻔하다. 반면 미혼이라서 행복하다고 하면 왜 별별 소리를 다 들어야 하는지 몹시 의아하고 갑갑하다. 혼자 보통의 일상을 살아가는 게 불쌍해 보인다고, 혼자 잘 사는 일상을 보여 주면 '과시는 결핍'이라는 소리를 듣는 게 현실이다. 나는 5년 이상 콘텐츠 만드는 걸 직업삼아 경제, 여행, 일상 등 다양한 소재거리로 이야기를 제작해왔다. 늘 만들었던 콘텐츠임에도 미혼이라는 단어가 붙으면 오지랖이 이렇게까지 도를 넘을 수가 있구나를 경험하게 된다.

누군가에게 내가 잘 살고 있다 증명할 마음도, 생각도 없다. 그저 정해진 삶 말고도 다양하게 살아가는 사람들이 있다는 걸 보여 주고 싶을 뿐인데. 그게 별소리를 다 들을 일인가 싶다. 대체 그들이 원하는 답, 정해진 답은 무엇이란 말인가. 나를 증명할 수 있는 잘 살아가는 방법에 대한 해답은 존재하지도 않으면서, 무엇으로 나를 증명할 수 있단 말인가.

연애도 별 흥미가 없는걸요

혼자 사는 미혼이라고 하면 주변에서 "그래도 연애는 하시 잖아요?"라고 자연스레 질문을 건넨다. 그래, 연애는 해 봤다. 한 4년 전이 마지막이지만, 그간 살면서 수도 없이 누군가와 만 났다. 한국에서 직장을 다닐 적에는 주말마다 하루에 두 번씩 소개팅을 나갔으며 누군가와 오래, 또 짧게 연애하기도 했다. 인종 상관없이 다른 나라 사람들과 데이트도 했다. 누구와 견 주어도 지지 않을 만큼 다양한 연애 경험을 쌓았다. 그래서 내 가 이성에 관심 없다기보다는 좋아하는 이상형이 명확하고 그 대상만 좋아할 뿐, 쉽게 사랑하거나 연애에 열정이 타오르는 타 입은 아니라는 걸 알게 되었다.

최근 친구가 내게 던진 질문 '인생에서 재미있는 것 10가지' 에 대한 내 답과 친구들의 답은 철저하게 달랐다. 나는 데이트,

연애, 이성 등은 전혀 떠오르지 않았으나 반대로 친구들은 그 것들을 포함하는 걸 보면서 결론을 내렸다. 나는 그렇게 연애 를 좋아하는 편이 아니라는 것을. 하긴 내 성정이 그랬다면 매 번 누구를 만나고 다녔을 게 뻔하다.

사실 연애하는 방법은 매우 간단하다. 바로 연애를 하겠다 고 마음먹는 일, 그뿐이니까. 그렇게 마음먹는 순간 그 누구라 도 남자 친구를 만드는 일이 어렵게 느껴지지 않을 테다. 아마 남자도 마찬가지 아닐까 싶으나 내가 남자가 아닌지라 확신하 지 못하겠다. 그러나 여자들이 연애하는 방법은 그뿐이라는 걸 확신할 수 있다. 나이 들어 만날 사람이 없으니 연애 못 하는 게 아니냐고 가스라이팅을 하는 이들이 간혹 있다. 그런 말을 들으면 진심인가 싶다. 특히 나처럼 여행을 좋아하는 사람이라 면 누군가와 데이트할 기회는 널리고 널렸는데. 앞 레스토랑에 서 아무에게나 말을 걸어도 바로 가능한 일이라는 뜻이다.

어느 순간부터 이성과 대화를 나누는 것조차 흥미가 가질 않았다. 아주 잘 맞는 대화 상대가 아니라면 나도 모르게 '지루 한데. 이 시간에 집에 누워서 넷플릭스나 보고 싶다.'라는 생각 을 자주 하게 된다. 그럼 웬만한 사람은 그 대화가 내게 흥미를 주지 못한다는 것을 눈치채게 된다. 초반에 별 재미가 없으면 그냥 혼자를 택한다. 그편이 더 효율적이고 즐거우니까. 마음에 들지도 않는 사람과 황금 같은 주말에 시간을 죽이는 대신 내 집 소파에 누워 책 읽는 삶이 더 좋다.

연애하는 주변 친구들을 봐도 부럽다고 느껴지지 않는다. 결혼식에 초대받으면 진심을 다해 축하는 하지만 내게는 아직도 현실감 없는 상황처럼 여겨진다. 그래서 자연스럽게 연애하지 않게 된 것이다. 그렇다고 절대 안 하겠다는 심정은 아니다. 언젠가 나와 잘 어울리는 상대를 찾는다면 무엇이든 해 볼 의향은 있다. 그럼에도 항상 그 생각 끝에는 '굳이?'가 따라온다. 결국 '이러니까 내가 혼자인 거구나. 그래도 괜찮지. 어쩔 수 없어.' 하며 또 한 번 결론을 내린다. 정말 어쩔 수 없다. 흥미가 생기지 않는 걸 어쩌나. 언젠가는 관심이 생기지 않을까 생각하며 내가 좋아하는 것들과 또 하루를 살아간다.

PART 2

혼자 살 준비

당신의 인생에서 불편한 그것들이 없어지고 사랑하는 것
들로만 가득하기를 바란다. 내가 좋아하는 것들로만 삶을
채우는 것은 참 멋진 일이 아닐 수 없다. 남의 눈치 볼 필
요 없이 오로지 내가 사랑하는 것들로 가득한 삶.

불안은 좋은 것

'불안'은 마치 내게 자동차 후방 카메라 경보음과 같은 역할을 한다. 좋은 자동차일수록 센서가 많이 붙어 위험 상황이 감지되면 조심하라며 알려 주고 그 알람 덕분에 사고가 나지 않도록 주의해 생명을 지킨다. 불안도 마찬가지이다. 혼자 무언가를 할 때 불안하다면 그 속을 잠시 들여다보라는 신호이다.

혼자 사는 집에 누군가 몰래 침입하지 않을까 걱정되어 CCTV를 설치하고 전기 충격기를 구매했다. 나이 들어 홀로 아파 죽을지도 모른다는 생각에 노후까지 돈을 벌 궁리 중이기도 하다. 최대한 오래 돈을 모아야 하니 나이 들어도 할 수 있는 일을 찾고 저축도 꾸준히 하고 있다.

건강한 인간이라면 불안을 느끼는 게 정상이다. 이는 오히려 유익하기까지 하다. 우리의 신체는 자신을 보호하기 위해 지금도 최선을 다하고 있다. 첫차로 오래된 중고차를 사서 끌던 초보 운전자인 친구는 조만간 돈이 생기면 좋은 차를 사고 싶다고 말했다. 이유를 물으니 자동 기능과 알림 센서 같은 부가 기능이 탐나기 때문이라고 한다. 최첨단 기계가 등장하며 달라진 점이 바로 그런 세심한 부분들이다. 본래의 기능에서 크게 바뀌는 건 없으나 화질을 좀 더 높이고 자동화 기능이 추가되었다는 이유로 우리에게서 더 많은 돈을 가져간다. 높아진 비용에 불만을 토로하면서도 사람들은 필요에 의해 그만큼을 지불한다.

그러나 우리 몸에는 비용을 내지 않아도 된다. 알아서 위험한 순간, 필요한 때에 맞춰 신호를 보내 주니까. 다만 그 불안감을 쌓아 둔 채 그 무엇도 하지 않는다면 스트레스가 폭발할지도 모른다. 불안 알림으로 미리 대비책을 마련해 불안을 꺼 두는 게 이롭다. 건강한 신체가 알려 주는 소리를 잘 듣고 살았으면 한다. 그게 태어난 존재, 나에 대한 최소한의 예의니까.

싫은 것이 너무 많은 사람

보편적으로 긍정적인 생각은 삶에 도움이 된다고 한다. 그런데 반대로 부정적인 생각과 감정도 삶에 도움이 된다는 걸 아는가? 살아가면서 선택할 수많은 일 중에서 하고 싶은 것, 좋아하는 것만 골라낼 수는 없다. 그렇다면 싫은 것만 하지 않아도 전보다 평온한 삶을 찾을 게 분명하다. 이를 알게 된 계기는 내가 싫은 게 너무 많은 사람이기 때문이다.

친구와 함께 걷던 날이었다. 서울 성수동이었는데, 내 눈에 담긴 그 광경은 참으로 입을 열 수조차 없는 모습이었다. 좁은 골목에 꽉 들어찬 차량과 매연, 담배 피우며 침을 뱉는 사람들, 빽빽한 가게 앞에 길게 늘어 있는 대기 줄, 그 사이를 피해 다니는 사람들 등 모든 게 뒤섞여 정신이 혼미했다. 빠르게 이 동네를 빠져나가고 싶었지만 나와 달리 친구는 그 모양새를 찬양하고 있었다. 사람들의 다양하고 예쁜 패션, 잘 전시된 아름다운 공간들, 원하면 언제든 누릴 수 있는 편의 시설까지. 친구는 그런 부분이 좋아 성수동에 산다고 했다. 우리는 이후 서로가 싫어하는 것들에 대해 이야기 나눴다. 어쩌면 좋아하는 건 싫어하는 것의 반대임을 그날 알게 되었다.

내가 처음 독립하며 가장 지키고 싶은 게 있었는데, 바로 조용한 동네와 공간이었다. 내 집의 밤은 노란 조명, 조용한 클래식 음악이 흐르기를 원했다. 부모님과 함께 살 적에는 다 좋았으나 소음과 환한 조명이 거슬렸다. 거실에서 들려오는 TV 소리와 천장의 LED 조명은 일반적인 것이지만 내게는 자꾸만 신경 쓰이는 존재였다.

나는 싫은 마음을 사랑한다. 너무나도 싫어하는 나머지, 그 싫음을 없애려 어떤 일이라도 하기 위해 머리 굴리는 그 에너지의 힘을 믿는다. 회사 다니는 게 정말 싫어 회사 밖에서 먹고 살기 위해 집에서 일할 방법을 찾아냈다. 남과 함께 있는 게 싫어서 어떻게든 혼자 살 방법을 찾아냈다. 돌이켜 보면 지금 나의 취향, 라이프 스타일 등 모든 부분은 나의 '싫음'으로 창조되었다.

부정적인 에너지 또한 엄청난 힘을 가지고 있다. 부정의 힘으로 긍정을 만든다면 그것은 긍정일까, 부정일까. 마치 칼을 잘 사용하면 유용한 도구가 되고 잘못 사용하면 흉기가 되는 원리와 같다. 그저 우리는 그 힘의 특징을 이해하고 사용하면 된다. 유독 싫은 게 많은 사람은 자신의 취향을 변화시키는 데에 시간 쓰기보다는 본성대로 자신의 싫음을 연구하는 게 좋겠다. 그게 더 빠른 행복으로 가는 길이 될 수도 있으니.

싫은 게 많다는 건 멋진 일이다. 좋아하는 걸 빨리 찾아낼 수 있는 지름길이기도 하니까. 남들이 좋다는 게 당신에게도 좋을 필요 없다. 눈치 보지 말고 싫다고 해도 괜찮다. 그렇다고 꼭 불필요할 정도로 누군가에게 싫다고 말할 필요는 없다. 그랬다가는 괜히 부정적인 사람이라는 꼬리표를 달 수 있으니까. 그저 조용히 마음속으로 생각하고 메모장에 적어 두자. 그렇게 당신이 싫어하는 것들을 하나씩 발견하기를, 그리고 당신의 인생에서 불편한 그것들이 없어지고 사랑하는 것들로만 가득하기를 바란다.

당신의 '싫음'은 무엇인가요?

1. _____

2. _____

3. _____

4. _____

5. _____

6. _____

7. _____

8. _____

9. _____

10. _____

혼자 살 준비

언제 하게 될지 모르는 결혼을 생각하느니 차라리 평생 혼자 살 준비를 하는 편이 이롭겠다. 그렇게 생각하고 차근차근 노후를 대비하는 중이다. 거창한 건 아니고 남들 다 하는 것처럼. 안정적인 거주지, 자동차, 보험, 연금, 주식, 저축, 일 등 말이다.

√ 집

시골에 있는 집은 할아버지가 돌아가시기 전부터 부모님 명의였다. 할아버지가 돌아가시고, 부모님께서는 이 집을 매도하려 하셨다. 하지만 아빠가 태어나고 자란 집이자 오랫동안 이 터에서 지낸 세월을 상기하니 매도가 최선인지를 다시 고민하셨다고 했다. 그렇다고 방치하려니 관리가 번거로워 골치가 아팠다. 때마침 내가 집 전체를 수리해 들어가 살겠다고 말하니 부모님은 찬성하면서도 한편으로는 걱정하셨다. 과연 내가 이 집을 홀로 관리할 수 있을지 의문이 들었기 때문이다. 사실 이 집은 혼자 관리하기 어려운 편이다. 문을 열면 뒤로 작은 산 하나가, 마당에는 잡초가 실시간으로 무성하게 자라는 곳이다. 그러나 그런 문제는 살면서 차차 생각하면 된다. 아무튼 이 집에 딸이 살고 싶다하니 아빠는 굉장히 기뻐하셨다.

시골집을 수리하는 비용은 이 집의 값어치보다 더 들었다. 그만큼의 돈을 투자하는 일이 정말 옳은가. 부모님은 수리에 거금 들이기를 만류하셨지만 그럼에도 나는 진행했다. 대출금 없이 내가 살 집을 마련할 수 있다는 것만으로도 내게는 충분했다. 앞으로 내가 직장이 없어 뭘 먹고 살지 머리 싸맬 일도, 이래저래 고공 행진하는 집값에 대한 걱정도 최소한 덜 수 있었다. 시골에서 먹을 게 없으면 작은 텃밭에 농사지어 풀이나 뜯어 먹으면 된다는 안정감 말이다.

√ 자동차

시골에서의 생활은 차 없이 할 수 있는 게 없었다. 그래서 어쩔 수 없이 운전하며 지낸다. 나의 운전 실력은 생계형이라고 봐도 무방하다. 그 이유는 첫 운전을 대중교통이 없던 호주 시골에서 억지로 배웠기 때문이다. 이후 여기 시골까지 와서 그 운전 실력을 잘 써먹고 있다. 20대 초반 회사를 다니며 나중에 해고당하면 아무것도 남는 게 없는데, 1종 보통 면허가 있으면 트럭 배달이라도 할 수 있지 않을까 싶어 면허를 땄다. 살면서 잘 배운 일 중 하나로 나는 매번 운전을 꼽고 있다.

✓ 보험

최근 보험을 추가로 들었다. 20대 중반에 가입한 암 보험이 빈약해서 하나 더 가입했고 실비 보험까지 해서 총 세 가지의 보험을 준비했다.

✓ 연금

20대 중반, 보험 설계사의 말에 홀린 듯이 가입했던 연금 보험이 어쩌다 10년 만기로 끝났다. 이제 65세부터 100세까지 국민연금 이외에도 매달 어느 정도 연금을 수령할 수 있다. 그때가 되면 그 돈이 얼마나 도움 될지는 미지수지만 없는 것보다는 낫다고 생각한다.

✓ 주식

국내 주식과 미국 주식, 암호 화폐로 나눠 조금씩 투자 중이다. 처음에는 투자에 전혀 감이 없어 이것저것 소액 투자를 하며 내 취향을 파악했다. 나는 노후에 주식을 조금씩 팔아 생활비로 쓰고 싶은 마음이 크다. 그래서 내 투자에는 매수만 있을 뿐 매도는 없다. 하다 보니 주식 계좌에 종종 들어가 매수만 하니 미국 주식이 매력적으로 느껴져 좋아하는 기업의 주식을 틈틈이 사 모으고 있다.

✓ 저축

저축의 가장 큰 비중은 미국 달러 예금이다. 여행을 좋아하기도 하고 그게 직업이다 보니 달러로 보관하는 것이 편하다. 그래서 달러 예금을 통장에 넣어 두고 이자를 받고 있다. 환율이 높아지면 이자와 더불어 환차익도 볼 수 있다는 점이 매력적이다. 그렇지만 이 또한 노후에 사용하고 싶다는 생각에 건들지 않고 모으기만 하는 중이다. 외에도 사업자를 위한 노란우산공제와 부동산 투자도 시도하며 나이가 들어서도 홀로 잘 살 수 있도록 경제적 준비를 하고 있다.

언제는 TV를 보고 있는데 서울 초호화 실버타운에 대한 방송이 나왔다. 그 방송을 보며 나이 들면 저기서 지내고 싶다는 생각을 했는데, 우연히 만난 분이 자신의 꿈이 실버타운에서 사는 것이라 말해 상당한 반가움을 느꼈다. 심지어 그분은 남편과 아이가 있는 화목한 가정을 꾸리고 있었는데도 그런 생각을 하신다는 게 참 좋았다. 노후 준비는 기혼자들도 똑같구나 하며. 내가 나이 들면 지금보다 다양한 형태의 독거노인 주거 시설이 활성화될 거라는 믿음으로 하나씩 챙기는 중이다.

√ 일

나이 들어서도 혼자 벌어먹어야 함을 35세부터 염두에 두었던 것 같다. 노년에는 일하고 싶어도 체력적 문제로 몸을 자주 사용하는 일은 못할 테다. 나이 어린 사람들과 경쟁해야 하는 직종에서도 패배할 게 분명했다. 내가 나이 들어도 할 수 있는 일을 찾아야만 했다. 나이 든 여자가 유리한 일, 그중에서도 내가 할 수 있는 것은 무엇인가 고민하다가 발견한 일이 있다. 하나는 명상 지도사, 하나는 요가 강사다. 이 두 가지 일은 어쩌면 젊은 사람들보다 나이 든 여자가 유리한 조건에서 시작하겠다 싶었다. 앞으로 홀로 일하는 프리랜서들이 더욱 많아지고 젊지만 돈 많은 이들이 점차 늘어날 것이며 점점 더 정신이 아픈 사람들이 많아질 거라 생각한다. 그런 흐름을 고려하면 두 직업은 전망도 괜찮아 보였다.

코로나 기간 동안 여행 대신 대학교 평생 교육원을 다니며 명상 지도 전문 강사 자격을 취득한 후 종종 명상 강의를 진행했다. 그 이후 요가를 배우기 시작하면서 현재 내 실력이 엉망진창임을 깨달았다. 그러나 멈추지 않고 수련한다면 6~70대 할머니가 되었을 때는 할머니 중에서 멋있는 축에 속하지 않을까. 그날이 오면 노인 복지센터에서 노인 스트레칭 강사를 하지 않을까 상상한다. 지금은 무리하지 않는 선에서 수련 중이다. 왜냐하면 내 관절을 아껴 써야 하니까.

아주 조용히, 천천히 나만의 칼을 하루에 한 번씩 갈아 두기만 해도 20년 노후 대비가 된다. 정말 나 하나쯤 먹고살 만큼은 될 거라고. 운이 좋게도 내가 명상 지도사 공부를 하는 걸 알게 된 강의 에이전시 대표님께서 내가 강사 자격을 획득하자마자 교육청 교직원 연수 시간에 명상 강사로 일을 맡겨 주셨다. 얼떨떨하게 내 예상보다 20년 정도 빠르게 데뷔해 버렸다. 그래도 지금부터 시작해서 70대에는 멋진 백발의 할머니 명상 지도사, 요가 강사가 된다면 더 바랄 게 없겠다. 그리고 앞으로 살아가며 내가 할 수 있는 다른 일이 더 생길 거라 믿고 있다.

혼자만의 시간과 공간을 만드는 법

가족과 같이 산다거나 너무 바빠서 절대적인 시간이 부족하기에 혼자 생각할 겨를조차 없어 고민인 사람들이 분명 있을 것이다. 그들에게 내가 사용하는 방법 몇 가지를 공유하고자 한다.

나 또한 오랜 기간 부모님 집에서 함께 살았고 잦은 야근에 시달렸으며 가진 돈도 없었다. 그럴수록 혼자만의 시간은 간절했다. 물리적 공간도 작은 방 하나를 제외하면 온전한 내 것이 없는데 대체 숨고 싶으면 어디로 가야 하나? 그 방법을 몰라 우선 글을 적기 시작했다. 공간이 아닌 시간으로 내 삶을 분리하는 방식을 택한 셈이다.

익명성이 보장된 온라인 커뮤니티에 글을 적기도 하고 블로

그를 만들어 올리기도 했다. 처음에는 댓글 달리는 재미와 사람들의 관심 때문에 글을 쓰기 시작해서 이후에는 상품을 받아 리뷰 쓰는 체험단 후기도 종종 올렸다. 아무 대가 없이 내가 좋아하는 화장품 사진을 찍어 사용감이나 발색 정도를 느낀 대로 적었다. 참 좋은 취미가 아닐 수 없다. 볼품없는 후기를 남길지라도 하다 보면 잘하고 싶어져 괜찮게 읽히는 글을 쓰기 위해 몰입했다. 시간이 지나 내 글은 인기가 많아져 인터넷 메인에도 자주 오르게 되었고 온라인 커뮤니티에서는 닉네임이 유명세를 탔다. 곰곰 살펴보니 글을 적는 순간에 완전히 몰입하는 자신을 발견하게 되었다.

요즘도 돈을 벌기 위해 글을 쓰지만 그와 별개로 아침저녁에는 일기장을 펼친다. 아침에는 정신이 덜 깬 상태에서 수면 중 쌓인 무의식을 내뱉는다. 그래서 가끔 분노와 험담, 스트레스가 넘쳐 어떤 날은 내가 가진 문제를 해결하려 나도 모르는 세에 여러 전략을 끄적이기도 한다. 저녁에는 하루를 복기하는 형식으로 서술한다. 하루를 살면서 어떤 일을 했고 감사할 일은 무엇인지 찾아 넣는다. 또 계획한 일을 상기하는 등 각각 다른 내용의 일기를 작성한다. 정해진 틀과 양, 시간은 없다. 그저 내가 쓰고 싶은 만큼 쓰고 몰입할 만큼의 시간을 투자한다. 쓸

내용이 없거나 쓰기 싫은 날은 한두 줄 정도로 간략하게 마무리하기도, 적지 않기도 한다. 이 방법은 인생의 질을 올리는 가장 확실하고 빠른 방법이다.

반년 전 태국 치앙마이에서 우연히 만나 함께 지내던 옆방 친구 두 명에게 내 방식을 알려 줬다. 그리고 우리는 '매일 아침 일기 쓰고 인증하기' 대화방을 만들었다. 그렇게 한동안 두 사람과 일기 쓰는 행위를 즐겼다. 시간이 지나자 인증하는 건 다들 시들해졌으나 각자만의 방식으로 꾸준히, 틈틈이 기록하는 습관을 들였다. 모두 긍정적인 변화를 맞이한 것이다. 매번 나 자신과 정직하게 만나는 글쓰기를 하며 스스로에게 무수한 질문을 던졌다. 그랬더니 내가 정말 원하는 것들을 더 명확히 알게 되었고 적어 나가다가 원하는 것을 이루기 위한 전략을 세우기 시작했다. 덕분에 빠른 실천이 가능했다. 이 방식으로 말과 행동이 선천적으로 느리던 친구도 아주 조금씩 일에 속도를 붙였다.

나는 너무 지치거나 그저 눕고만 싶은 날에는 핸드폰을 붙잡고 뒹굴며 기록한다. 기록 장소는 메모장이 되기도, 블로그가 되기도, 타 SNS가 되기도 한다. 몰입할 수만 있다면 그 어떤 곳이든 상관없다. 지하철이나 버스 안에서 이동 시간이 지루하면 핸드폰을 열어 블로그에 생각을 휘갈긴다. 대중교통을 이용할 때 사람들을 관찰하면 많은 이들이 숏폼 영상 플랫폼에서 언제든 다음 영상으로 넘길 준비를 하고 있다. 굉장히 멍한 상태로 말이다. 그렇게 대수롭지 않은 시간을 확보해 혼자만의 시간을 만들면 된다. 꼭 나만의 독립된 공간이나 휴가지에서 혼자만의 시간을 획득하지 않아도 좋다. 홀로 풍요로운 공간에 누워 숏폼 영상 100개 보는 일보다 지하철 안에서 내 생각을 한 줄 적는 시간이 더 알차지 않을까.

시골 농가 주택에 혼자 삽니다

거금을 들여 수리했다는 시골집에 대해 이야기해볼까 한다. 할아버지가 돌아가시고 부모님은 할아버지가 사시던 이 집을 처분하려 하셨다. 이곳에 쌓인 가족의 역사와 세월은 길었으나 도시가 아닌 관계로 집값이 썩 나가지는 않았다. 게다가 아무리 생각해도 그곳은 아빠와 가족들이 나고 자란 터다. 집이 오래되어 원래 있던 집을 부수고 다시 새로 지었다. 그 집이 또 25년이라는 세월을 버텨 낡아진, 가족의 역사라 할 수 있는 곳이었다. 이 집을 판다는 건 아빠의 모든 기억을 내놓는 일과 같다. 그러니 서운한 기분이 들지 않을 수 없었다.

내가 아주 어렸을 때 이 동네에서 찍힌 사진을 보면 예나 지금이나 변한 부분이 거의 없었다. 그래서 시세보다 저렴하게 매매로 내놓는다 한들 누가 사 갈까 싶었다. 가족 중 누구도 그 집을 탐내지 않아 내가 빈집을 뜯어고쳐 혼자 살기로 결심했다.

집과 연결된 작은 동산에는 때때로 들짐승들이 다녔고 고라니는 매일같이 마당과 산을 거닐었다. 뱀은 수시로 출몰하고 여름에는 말벌이 집을 지었다. 그런 이유로 인해 이 집으로 시집왔던 작은 엄마, 그리고 고모들까지 "어휴, 나는 거기 살라 해도 못 산다."라며 질색하셨고 다른 식구들 역시 그런 시골에서는 살 수 없다는 마음이 단호했다. 그 때문에 이 집을 차지하기 위한 경쟁률은 0:1, 자연스럽게 내가 독차지했다. 다행히 나는 한국보다 해외를 돌아다니는 여행 유튜버라 굳이 값비싼 도심에 내 집이 없어도 괜찮았다. 오히려 시골이 내게 더욱 어울리기도 했으니까.

여행지 중에서도 발리를 참 좋아하는데, 이 동네는 발리의 논밭 뷰 같은 장소가 사방에 널렸다. 어쩌면 좋아하는 발리 감성을 매일 누릴 수 있으니 내게는 서울 같은 대도시보다 더 끌리는 곳이 분명했다. 게다가 낯선 사람과 마주치는 일을 별로 좋아하지 않기에 몇 가구밖에 없는 이 작은 시골 동네는 내게 최적의 거처였다. 25년 된 주택에는 방 세 개, 주방 따로, 거실과 화장실 각각 하나씩 있었다. 평수로는 25평 정도. 혼자 일하며 살기에 적당했지만 심하게 낡아서 그냥 입주할 수는 없었다.

부모님께 이 집을 고쳐 혼자 살겠다고 했을 때, 처음에는 기뻐하셨지만 내심 내 말을 믿지 않으셨던 것도 같다. 부모님이 생각해도 관리가 참 답이 없는 집이었고 공사를 하려 마음먹으면 벽만 남기고 싹 들어내야 하는 상황이었다. 리모델링 비용이 집값보다 더 나갈 것을 알고 계셨던 듯싶다. 모든 이야기를 듣고도 내 마음은 변하지 않았다. 아무도 탐내지 않는 것에는 다 이유가 있는 법이니까. 그 정도는 각오한 일이었다.

아빠가 태어난 집, 낡은 주택 수리하기

그동안 모아 둔 돈을 털어 인테리어 업체에 수리를 온전히 맡겼다. 샷시, 바닥, 보일러 등 고칠 수 있는 모든 걸 뜯어고쳤다. 처음에는 전부 혼자서 하려니 엄두가 나지를 않았다. 아파트나 빌라도 아닌 시골 주택 인테리어라니. 인터넷을 뒤져봐도 이 같은 사례를 찾기 힘들었다. 대부분 호화 전원주택이거나 가족들과 사는 집이라 셀프 시공을 반쯤 곁들인, 반전문가들의 정보가 대부분이었다.

25년 된 시골 노후 주택에 홀로 사는 여성의 사례는 앞으로 더 찾아보기 힘들 거라는 생각이 든다. 내 전공은 가구 디자인과 실내 인테리어인데 그렇기에 앞이 더 아득했다. 뭘 모르면 용기 있게 도전하고 잘 알면 홀로 척척 해냈을 텐데 말이다. 불행히도 나는 아주 조금 알고 있었다. 그 일이 얼마나 고되고 스트레스 쌓이는지 이해하는 정도라고 할까.

내게는 두 개의 선택지가 있었다. 첫 번째, 적당한 금액을 지불하고 업체를 선정한 다음 예의주시하며 신경 쓰기. 두 번째, 거금 들여 제대로 믿을 만한 업체를 찾아 신경 끄고 내 할 일 하기. 한 마디로 모든 걸 인테리어 팀에게 위임한다는 뜻이다. 고민 끝에 나는 몇천만 원 더 비싼 업체에 돈을 얹어 주는 두 번째 선택지를 골랐다. 이유는 분명했다. 당시 머물던 곳에서 공사 현장까지 거리가 매우 멀었으며, 혼자 하기에는 제대로 해낼 자신이 없었다. 그리고 해외로 자주 출장을 다녀야 했기 때문에 스트레스받기보다 열심히 일해 번 돈을 더 쓰자는 결론을 내렸다. 물론 홀로 결정할 일투성이였지만 계약금을 내고 공사가 진행되면 어떻게든 집이 완성될 거라 믿었다.

그 결과, 공사 현장에 발 들이지 않은 채 해외 출장을 다녀왔음에도 단 한 번도 스트레스받지 않고 집은 완성되어 있었다. '이렇게 간단히 끝난다고?' 생각할 만큼 쉬웠다. 인테리어 관련 영상을 찾아보면 여러 신혼부부가 신혼집을 구하며 늘 하는 말이 있다. 이런저런 이유로 정말 힘들었다, 고생 많이 했다는 등 영 좋지 않은 정보가 많아 겁을 먹었는데 막상 해 보니 별거 아니었다. 물론 시공 업체를 잘 만난 운도 컸을 테지만 원래 비싼 건 돈값을 한다는 말이 있지 않은가. 비용을 들이면 그만큼 실패 확률도 낮아진다. 돈 좀 더 쓸 각오를 하면 된다. 시골집인데도 혼자 하는 게 이리 쉬웠으면 아파트나 빌라는 더 쉽지 않을까 생각한다. 어쩌면 혼자 했기에 더 빨리, 가볍게 느껴졌는지도 모르겠다. 가족과의 의견 조율 같은 것을 하지 않아도 되니까. 내 마음에 드는 걸 고르고 마음에 들지 않으면 멋대로 바꾸면 그만이다. 예산이 얼마 더 추가되든 나 혼자 통장 잔고를 확인한 후 빠른 결정을 내리면 된다. 잔소리할 사람은 애초에 존재하지 않는다. 그 사실을 상기하니 어쩐지 스스로가 자랑스러워졌다.

혼자 살 집이니 남의 취향과 관계없이 내가 좋아하는 것들로만 꾸미면 된다. 참 멋진 일이 아닐 수 없다. 남의 눈치 볼 필요 없이 오로지 내가 사랑하는 것들로 가득한 나만의 공간. 공사 기간은 한 달 조금 넘게 걸렸다. 그렇게 해외 출장에서 돌아오자마자 고요한 시골 마을, 나만의 비밀 공간으로 거처를 옮겼다.

PART 3

혼자 살아 보기

하루를 남의 컨디션에 맞추지 않고 나에게만 묻는다는
건 큰 행복이다. 이렇게 마음껏 게으를 수 있는 자유, 그
무엇도 하지 않아도 뭐라 할 사람이 없다는 점, 내 몸 하
나만 간수하면 되는 삶. 내가 어딘가에 말하지 않으면 그
누구도 내가 게으른지 모를 이 완벽한 늘어짐의 하루가
정말 즐겁다.

계란 먹자고 닭을 키울 순 없잖아

이 오래된 시골집에는 커다란 개집이 남아 있다. 옛날에 할머니가 키우셨다고 한다. 아빠는 그걸 없애지 말고 닭을 키워 아침마다 계란을 먹으면 되지 않겠느냐고 했다. 그 말을 듣자마자 말도 안 되는 일이라고 생각했다. 얼마 지나지 않아 나는 그 개집을 부숴 없앴다.

내게 연애나 결혼은 마치 계란 먹자고 닭을 키우는 것처럼 느껴진다. 물론 매일 아침 싱싱한 계란을 먹는 일은 즐겁겠다. 닭이 자라는 걸 보거나 생명체가 뿔뿔 돌아다니는 걸 구경하면 귀여울지도 모르겠다. 하지만 일단 내게는 그렇지 않다. 미안하지만 닭이 귀여운 줄 모르겠고 달걀을 가지러 가는 행위조차 귀찮다. 혹여 닭장에서 벗어나 도망가지는 않을까, 어디 아프지는 않을까, 혹시 내가 달걀을 제때 찾지 못해 알에서 병아리가 부화하면 어떡하나 등등 상상만으로도 행복 지수가 낮아지는 기분이었다.

그런 것처럼 가끔 심심할 때 평생의 동반자가 있다면, 아이도 있다면 어떨지 그려 보게 된다. 그러나 아직 닭 키우는 데에 비해 결혼과 육아는 오백 배쯤 성가시게 느껴진다. 닭은 밖에서 생활하기라도 하지, 인간은 한 공간에서 함께 살고 내 공간과 시간을 공유해야 한다. 게다가 사람은 말과 생각이라는 걸 하기 때문에 자칫 잘못했다가는 내가 하는 모든 일에 사사건건 제약이 걸릴 수도 있다. 그 리스크를 감수하는 일이 상상만으로도 벅차다.

꼭 닭을 키워야만 달걀을 먹을 수 있는 건 아니다. 내 인생도 그보다는 좀 더 쉽고 간결하기를 희망한다. 앞으로 다가올 수많은 나날에 '달걀 먹자고 닭을 키울 순 없잖아.' 이 문장 하나만 대입해 보면 좋겠다. 그럼 혼자가 두려워 생기는 질문들에 명료한 답을 내릴 수 있을 테니까. 기억하자. 당신은 직접 닭을 키워 달걀을 먹고 싶은 사람이 아닐 테다. 혹은 생각보다 닭 키우는 일이 적성에 잘 맞는 사람일지도 모르겠다. 자신을 이해하고 판단하는 일은 당신의 몫이다.

아이 대신 상추를 키우며 살아요

닭 대신 식물과 채소를 키우는 건 나름 괜찮은 것 같다. 할 일 보다 얻는 게 더 많을 테니까. 시골에 살기로 한 이유에 귀농은 없었다. 그저 모든 성가심이 싫어 결정 내린 시골행이었다. 그렇기에 그 어떤 작은 농사도 절대 짓지 않으리라 마음먹었다. 매번 아빠가 시골 빈집에 내려가 무언가를 한다는 건 알았으나 나는 속으로 몰래 생각했다. 내가 이제 이 집의 주인이 된다면 마당에서 초록 생물은 전혀 볼 수 없을 거라고. 아빠가 심어 둔 작물들은 올해가 마지막일 거라고. 매일 불효자 같은 생각만 일삼았다. '저 나무들을 다 없애자. 그것이 나의 임무다.' 하면서 언제 뽑을까 궁리만 해 댔다.

그러나 그건 그리 쉬운 일이 아니었다. 겨울이 되자 초록 식물들이 갈색으로 변하면서 창밖으로 보이는 모든 것들이 무채색이 되었다. 그리고 가을에서 겨울로 넘어가자 너무 추워 땅이 얼어 일하기도 힘든 상황이 되었다. 그건 굉장히 울적한 일이었다. 그렇지 않아도 개인적으로 겨울을 싫어하는데 쌀쌀한 창밖만 봐도 슬퍼지는 기분이었다. 그래서 한겨울에는 따뜻한 나라에서 살다 오기도 한다. 겨울에 해외에서 몇 달을 살다 한국에 돌아오면 다시 봄이 되어 있었다.

　게다가 이 집은 참 답 없고 관리하기 어렵다는 것을 뼈저리게 느꼈는데, 그건 바로 작은 동산이 집을 둘러싸고 있었기 때문이다. 그 동산에는 온갖 나무가 있는데 그중에서도 미친놈처럼 자라나는 대나무가 사방을 휘저었다. 왜 미친놈이라 부르냐면 엄마가 종종 우리 집에 올 때마다 "저 대나무 좀 봐. 정말 미친놈 머리 휘날리는 것 같잖아."라고 표현하기 때문이다. 그 문장 말고는 대체할 말이 없을 정도였다. 미친놈이라고 표현해 나를 상스럽다고 생각하는 사람들에게 우리 집 대나무가 자라는 걸 보여 주고 싶을 정도. 대부분은 아름다운 담양의 죽녹원처럼 관리 잘된 대나무 숲을 생각할 테지만 현실은 그렇지 않았다. 정말 그대로 뒀다가는 내 집이 곧 폐허가 되지 않을까 걱정될 만큼 정신 사나웠다. 그런 모습으로 이곳저곳 대각선으로 번식하며 제멋대로 자라고 있었다. 유일하게 잘 키워 보고 싶은 대나무가 가장 난관인 걸 알아채고는 가만히 둘 수 없었다. 혼자만의 힘으로는 정리 불가라는 빠른 판단을 내리고 조경 일을 하시는 작은아버지와 부모님의 도움을 받아 사람이 걸어 다닐 길을 만들었다. 그러고 나니 멀끔한 흙이 나타났다. 이때를 틈타 먹을 풀 대신 꽃을 사다 심으려 엄마와 함께 모종을 사러 갔다. 하지만 시장 내 모종 가게에서는 고추, 상추, 깻잎, 토마토 등 채소 종류의 모종과 씨앗만을 팔고 있었다. 그런데 막상 그것들을 보고 있자니 꽃 생각이 나지 않는 게 아닌가. 그렇게 엄마와 모종을 주워 담기 시작했다. 작은 삽과 먹고 싶은 채소로 구매하니 대략 7만 원이라는 돈이 날아갔다. 이렇게 된 이상 7만 원을 버릴 수는 없었다. 그냥 구매해서 먹으면 될 걸 왜 이렇게 할까 생각하며 집으로 돌아와 땅에 나 있는 잡초를 뽑기 시작했다.

그냥 땅에 심는 게 아니라 잡초부터 뽑아야 한다니, 정말 괜한 짓을 했다며 후회했지만 때는 이미 늦었다. 나는 해외로 여행 다니는 게 직업인 사람인데 이 많은 것을 돌볼 수 있을까, 과연 혼자 이렇게 키워 얼마큼 먹을까 하는 여러 고민과 호기심이 생겼다. 그래도 한 번 많이 사 두면 냉장고에서 썩기만 하는데 이렇게 직접 키운 싱싱한 채소들을 매일 먹을 수 있다는 사실에 신이 나기도 했다.

모종을 다 심고는 이제 기다리기만 하면 되는 줄 알았으나 절대 아니었다. 비가 오지 않으면 물을 뿌려야 하고 무서운 속도로 솟아나는 주변 잡초를 뽑아야 했다. 그러나 그런 귀찮은 요소들보다 내가 심은 작물이 하루가 다르게 쑥쑥 커 가는 걸 보니 기쁠 뿐이었다. 그렇게 즐거운 마음으로 또 내일을 기다렸다. 얼마나 자랄까, 언제쯤이면 먹을 수 있을까 하는 기대가 부풀었다.

친구들이 자라나는 본인 아이들 사진을 SNS에 올릴 때 나는 내 상추 성장기를 올리고는 한다. 내 눈에는 상추 새싹이 너무나도 귀여운데 하물며 친구들이 직접 낳은 아이는 더 귀엽게 보이겠지. 그래서 이렇게 사진을 잔뜩 올리는 거구나. 어림잡아 친구들의 마음을 이해했다. 요즘은 밭을 정리하며 발견한 부추와 돌나물, 토끼풀로 샐러드를 해 먹으며 또 다짐한다. 이 잡초들이 지겨워 올해만 마무리되면 텃밭이고 뭐고 전부 없애겠다고. 그럼에도 나는 내년에 봄이 오면 조금 더 일찍 상추 모종을 사다가 심어 둘 게 뻔했다. 옆집 할머니가 나눠 주신 상추를 들고 오면서 상추가 꽃처럼 예쁘다고 생각했다. 무엇보다 사 먹는 상추보다 훨씬 연하고 맛이 좋다는 게 이유라면 이유겠다. 그리고 사실 잡초를 뽑다 보면 잡생각이 사라져 마음이 고요해지기도 한다.

이렇게 사는 건 나이 들어 은퇴 후 여유가 있을 때 하면 좋겠다고 마음에 담아 뒀는데 직접 해 보니 생각이 달라졌다. 허튼 생각과 분노, 걱정이 많을 나이에 하면 잘 어울리겠다고. 대신 내년에는 아주 조금만 키우기로 했다. 딱 혼자 감당해 낼 만큼, 딱 내 주제에 할 수 있는 정도로만 키워야겠다.

어떻게 보면 참 다행인 듯도 하다. 상추 키우기는 육아와 다르게 실수를 없던 일로 만들기 쉽고 되돌릴 수도 있었다. 망쳐도 남은 인생에 전혀 영향을 주지 않으니까.

혼자 누워서 하는 다양한 일들

과연 누워 있는 걸 싫어하는 사람들이 있을까. 있다면 정말 신기하게 쳐다볼 것 같다. 왜냐하면 나는 그 누구보다도 누워 있는 행위를 사랑하는 사람이기에. 할 수만 있다면 매일 집에 누워만 있고 싶다. 오죽하면 경제, 재테크 유튜브 채널 이름도 <누워서 돈 벌기>로 만들었을까. 채널 이름이 저런 까닭은 누워서 자는 중에 알아서 돈이 벌리면 좋겠다 싶기도 하고, 누워서 할 만큼 쉬운 일을 하고 싶었기 때문이다. 하여간 뭐든 누워서 하고 싶어 붙인 이름이다. 누워만 있고 싶다는 장대한 꿈을 실현하기 위해 누워서 할 일의 목록을 만들어 두자. 그럼 누워서 할 일이 많으니 합리적인 이유로 스스로를 설득할 수 있어 죄책감 없이 누워 있을 수 있다. 그럼 행복 지수도 분명 올라갈 테니까.

√ 일기 쓰기

나는 기록 중독자다. 덕분에 큰 자랑 중 하나가 15년 차 블로거라는 점이겠다. 기록은 오래된 습관이었다. 여러 방식으로 이곳저곳에 생각을 흩뿌려 두는데 그 방법은 다양하다.

누워서는 주로 핸드폰 메모장에 일기를 쓰거나 블로그 비공개로 글을 작성해 숨겨 두고는 한다. 비공개인 이유는 너무 사적인 이야기이기 때문이다. 우리 엄마와 아빠 그리고 동생들 사진을 오랫동안 저장해 두고 싶었다. 옛날처럼 사진 인화로 앨범 만드는 시대는 지났기에 포토북을 제작할까 생각도 했었다. 그러나 게을러서 계획이 잘 풀리지 않기도 했고 아카이빙이 어려워 무료 클라우드로 블로그를 사용 중이다. 물론 이는 나의 개인적인 사진만 올리고 싶을 때 주로 이용한다. 언제, 어디를 다녀왔는지 함께 적어 키워드 검색이 편하도록 만든다. 비공개 체크는 늘 확인 필수다.

√ 이북 리더기로 전자책 읽기

종이책은 주로 집에서 책상이나 소파에 기대어 읽고, 대부분 누워서 이북 리더기를 손에 쥔다. 이 방법은 잠들기 전에 핸드폰을 대체하는 방법으로 가장 선호한다. 잠자기 전에 핸드폰으로 SNS나 유튜브 등을 보는 건 뇌 건강에 좋지 않다는 이야기를 들었다. 아무래도 잠들기 전 오랫동안 뒤척이는 스타일이라 핸드폰을 보지 않고 잠들기란 쉽지 않았다. 처음에는 아무리 전자책이 있어도 눕기만 하면 버릇처럼 핸드폰으로 손을 뻗었다. 그래서 이제는 아예 침대에 눕기 전 핸드폰을 다른 방에 던져두는 습관을 만들었다. 확실히 이북 리더기를 사용하는 편이 눈에 피로도도 적고 자극적인 콘텐츠를 보지 않고 잠들 수 있어 좋다. 현재는 많은 책을 읽기 위해 책 구독 서비스를 이용하고 있는데, 확실히 이전보다 책을 더 자주 읽는 나를 발견할 수 있었다.

✓ 사진첩 정리

사진첩 정리는 그때그때 하면 좋으련만 그게 참 어렵다. 자기애가 흘러넘쳐 나만 알아볼 수 있는 미세한 차이의 사진들이 좋아 정리가 힘들다. 누워서 핸드폰 갤러리를 뒤적거리다 느낌 오는 날에 맞춰 쓸모없는 사진들을 삭제한다. 〈Slidebox〉라는 앱을 이용하면 사진첩을 넘겨 보기가 수월하다. 그 때문에 빠른 정리가 가능해 현재는 유료 버전을 구매한 상태다. 핸드폰에 있는 사진 중 외장 하드로 옮긴 것, 그리고 이미 콘텐츠로 만들어 사용한 것들을 가차 없이 삭제하고 있다.

√ 명상

명상 스승님에게 배울 때 절대 누워서 명상하지 말라는 당부가 있었다. 그 이유는 분명 잠들 거라는 데에 있다. 아무리 편하게 한다고 해도 최소 앉아 명상하라고 배웠다. 그럼에도 자의로 앉아 명상하기란 쉽지 않았다. 그 때문에 누워서 하기로 했다. 역시 스승님 말씀처럼 명상하다가 나도 모르게 깊은 잠에 빠져들었다. 그래서 잠자기 전에 명상을 하면 항상 숙면을 취하게 된다. 명상 초보자에게 쉬운 방법은 유명 OTT에 있는 숙면, 명상용 다큐멘터리 시리즈를 보는 것이다. 그걸 틀어 놓고 듣다 보면 잠에 빠지게 된다.

나는 너무 많이 들어서 앞부분 시작 멘트를 외우다시피 해 약간 지겨워질 참이다. 그래서 요즘은 눈을 감고 바디 스캔 명상을 즐겨 한다. 눈을 감고 머리부터 발끝까지 내려오며 감각을 지켜보는데, 그날 하루 몸의 감각들을 알아봐 주는 행위다. 어떤 날은 손목이 다른 날보다 묵직하거나 얼굴이 건조하거나 따위의 작은 부분을 발견하게 되는데, 이 역시도 5분을 채우지 못하고 쿨쿨 꿈나라로 향하게 된다.

√ 아이디어 적기

P에게 계획이란 잘 없다. 해야 할 일은 밥 벌어먹고 살기 위해 어쩔 수 없이 캘린더에 적긴 하지만 세세한 계획을 세우는 일은 너무나도 힘겹다. 대신 내게는 생각하지 않으려 해도 떠오르는 아이디어들이 시시때때로 튀어나오는데, 덕분에 머릿속은 늘 엉망이 된다. 특히 누워 있는 동안 다양한 주제의 아이디어들이 버둥거린다. 누워 있는 시간은 내게 영감의 원천이기도 하다. 이 책의 제목도 수십 가지 떠올랐다. 나는 그런 생각들을 메모장에 전부 기록해 정신이 맑을 때 다시 확인 후 실행에 옮긴다. 그것이 이상한 아이디어일지라도 말이다.

√ SNS 콘텐츠 만들기

이런 시대에 태어나기를 정말 감사하게 생각하고 있다. 누워서 죄책감 들지 않게 무언가를 생산할 수 있다는 사실이 얼마나 행복한지. 나는 인플루언서이기에 SNS로 출근한다고 회로를 돌린다. 그럼 회사에서 누워 일하는 기분마저 든다. 사진첩을 정리하다가 사람들의 관심을 끌 만한 게 눈에 띄면 누운 상태로 즉시 콘텐츠를 만들어 올린다. 처음에는 치앙마이에서 무에타이를 배운 후 도무지 힘이 들어가지 않아 침대에 누워만 있던 중 죄책감이 슬그머니 고개를 들이밀어 몸을 움직일 수 없는 상태로 뭐라도 해 봐야겠다는 마음에 시작했다.

그런데 오히려 오래 공들인 콘텐츠보다 별생각 없이 만든 그런 콘텐츠가 반응이 더 좋았다. 친구들과 단순하게 찍은 영상들을 지우기 아까워서 그럴싸해 보이는 스토리를 붙여 업로드했다. 그랬더니 조회 수 100만 회를 기록하며 의도치 않게 멋진 여성이 되었다. 시골 미용실에서 찍은 영상 내레이션이 너무 귀찮아 누워서 대충 녹음한 영상은 1,000만 조회 수를 넘었다. 현재 내 SNS에 올라가 있는 릴스 영상 대부분은 침대나 소파에 누워서 만든 영상이다. 내레이션도 누워서 하거나 기억하기 힘들 때는 메모장에 적어 핸드폰으로 녹음한다. 아마 책상에 각 잡고 앉았더라면 절대 이만큼 잘되지는 않았을 거라 생각한다.

√ 블로그

앞서 일기를 블로그에 쓰고 비공개한다고 말했는데, 그와 다르게 공개적으로 쓰는 블로그 글도 있다. 새벽에 잠이 오지 않으면 감성 일기를 끄적이거나 때로는 식당 협찬을 받아 후기를 작성하기도 한다. 강의를 다녀온 날에는 그날의 사진들을 보며 내 커리어를 정리하기도 했다. 그러면 강사가 필요한 곳에서 검색으로 나를 발견하고는 또 다른 강의 연락이 들어오기도 한다. 이런 식으로 누워서 차곡차곡 모았더니 현재 월 50만원 이상, 많게는 달에 200만 원 정도 블로그로 수익을 창출하고 있다. 블로그는 내 바람처럼 정말 누워서 돈 버는 창구 역할을 하고 있다. 이렇게 말하면 다들 믿지 못하던데 이거 하나만 이해하면 좋겠다. 우리가 누워서 핸드폰을 하는 시간을 수익 만드는 일에 사용한다면 누구나 치킨값 정도는 쉽게 벌 수 있다는 것을.

√ 여행 정보 찾기

항상 어디론가 떠날 생각을 하며 지낸다. 다음 여행지는 어디가 좋을까 항공권을 검색하고 여행 가고 싶은 나라의 날씨를 살펴본다. 계획 짜기를 좋아하는 J였다면 세세하게 정리했겠지만 나는 여행 떠나기 일주일 전 즈음부터 여행지를 정해 표를 구매하는 일이 잦다. 그 때문에 섣불리 판단하고 계획을 짜는 일은 거의 없다. 그래서 떠나기로 한 나라의 항공권을 구매하기 전까지는 어디로 가야겠다고 확정 짓지 않는다. 최대한 많은 나라와 도시를 여러 방면으로 검색한다. 그 시기의 숙소는 어느 정도의 가격선인지, 물가는 어떤지, 가서 일할 만한 카페는 있는지, 어떤 옷을 입어야 할 날씨인지 예측만 해 두고 머릿속으로 여행 갈 도시를 5곳 정도 띄운다. 골라 둔 여행지에서 가고 싶지 않은 곳들을 가지치기 하면서 2~3곳 정도까지 범위를 좁힌 다음 날짜가 확정되면 그 시기에 가장 끌리는 나라로 비행기 표를 예약한다. 약 2~3일간 머물 숙소만 결정하고 떠나기에 여행지에 도착한 이후에도 숙소에 돌아오면 누워서 다음에 갈 숙소를 찾고, 가 볼 만한 장소나 식당을 찾는다. 인터넷을 하다가 마음에 드는 장소와 맛집을 지도에 최대한 마크하기도 한다. 우연히 들른 동네에서 밥이라도 먹어야 할 때 예상치 못하게 맛집이 저장되어 있으면 그것만큼 기분 좋은 일도 없다.

√ 스트레칭

놀랍게도 유튜브에 '누워서'라고 검색하면 연관 검색어에 부위별 운동 방법이 나온다. 예를 들면 누워서 하는 다리 운동, 누워서 하는 복근 운동 같은 것들 말이다. 처음 검색하면서 사람들 참 양심 없다고 생각했으나 그 양심 없는 사람 중 한 명이 나였다. 역시 이것만 봐도 사람들이 얼마나 누워 있는 걸 좋아하는지 알 수 있다. 나 또한 잠자기 전이나 아침에 일어난 직후 침대를 벗어나지 않고 할 수 있는 간단한 스트레칭을 한다. 하도 돌려 봐서 이제는 영상을 보지 않고도 누워서 하는 운동을 할 수 있게 되었다. 그래서 잠자기 전후로 그날의 컨디션에 맞는 스트레칭을 한다. 별거 아닌 듯하지만 간단한 동작 덕분에 다음 날 아침 침대에서 가뿐하게 일어날 수 있다.

√ 앱테크

온라인 공병 줍기라고 불리는 앱테크는 간단한 클릭으로 소액 모으기에 특화된 온라인 플랫폼이다. 네이버 페이 모으기, 하나 머니 모으기, 케이뱅크 이자 받기 버튼 클릭하기와 같은 일이다. 주로 핸드폰을 하도 오래 해서 더 이상 할 일이 없음에도 핸드폰을 놓지 못할 때 최후의 수단이다. 이것도 일이라 꽤 귀찮아서 미루고 미루다가 하게 된다.

√ 친구와 연락

사귀는 사람이 있다면 잠들기 전 누워서 통화라도 하겠지만 내게 그런 이는 없다. 그래서 가끔 친한 친구에게 영상 통화를 걸어 한두 시간씩 이야기한다. 전화를 걸면 그 시간에 항상 같은 포즈로 누워 있는 친구가 보인다. 서로 요즘 뭐하냐고 묻고는 하는데 요즘 너무 바빠서 힘들다는 신세 한탄, 쓸모없는 시간 죽이기 농담, 진지하게 하는 일에 대해 조언을 구하기도 한다. 텔레비전에서 기대하는 시리즈를 방송하는 날이면 미리 약속을 정하고 단톡방에 모여 실시간으로 떠들며 시청하기도 한다. 이는 내가 가장 좋아하는 시간이기도 하다. 혼자 보는 것보다 훨씬 재미있으니까. 보지 않던 프로그램도 친구들이 하도 재미있다고 하면 그 사이에 끼고 싶어 본 일도 적지 않다.

✓ 미드 보기

좋아하는 시리즈가 생기면 일상에 차질이 생길 정도로 밤새 보는 편이다. 집에서 일하게 되면서는 식사할 때 친구처럼 미드를 틀어 둔다. 저녁 역시 마찬가지다. 드라마 완결까지 보는 동안 그 안에 있는 주인공들과 이미 친구로 지내게 된다. 그래서 하나의 드라마를 마무리하면 친구와 절교한 기분마저 들어 조금 슬퍼진다. 그런 기분이 들면 빠르게 몰입할 다른 드라마를 찾아 정주행한다.

✓ 목·등 마사지

3년 전, 처음 써 보고 지금까지 내 침대 베개 자리에 항상 놓여 있는 지압 목침 베개가 있다. 편백나무로 만들어진 나무 목베개에 황토 볼이 박힌 모양이라 베고 있으면 컴퓨터를 많이 해서 뭉친 목과 어깨가 다시 살아난다. 일을 잔뜩 한 날이면 목, 어깨, 날개뼈, 허리 등 온몸 전체를 순서대로 마사지한다. 내가 할 일은 그저 그 위에 누워 있는 것뿐. 하고 나면 소화도 잘되고 상당히 시원해서 빠져서는 안 되는 인생 반려 베개가 되었다. 가끔은 무거워도 국내 여행을 떠날 때 캐리어에 넣어 다니기도 할 만큼 없어서는 안 되는 물건이다. 너무 좋아해서 한동안은 친구들 생일 선물로 1년 내내 이걸 보냈다. 모양새가 투박해서 인테리어에는 좋지 않아 이불 속에 잘 숨겨 둔다. 주로 자기 전에 목과 등을 마사지하고, 거기에 누워서 하는 스트레칭까지 마치면 비로소 편안히 잠들 수 있다.

✓ 영어 공부

책상 앞에 앉아 공부하는 걸 지독히도 참을 수 없다. 4년 전 우연히 시작했던 영어 공부 방법이었다. 앱으로 하는 영어 공부인데 음성이나 화상으로 원어민 선생님들과 영어로 대화하는 방식이다. 혼자 살면서 말을 너무 안 한다 싶은 날에는 이왕 말할 거 영어로 해 보자는 기분으로 누워서 화상 영어를 시작한다. 한 번 선생님을 지정하면 쭉 같은 선생님과 수업하기에 거의 친구처럼 지낸다고 봐도 무방하다. 그래서 선생님들 또한 항상 누워 있는 나를 이상하게 보지 않는다. 한 명의 선생님과는 1년 이상 화상 영어를 하다가 친해져 튀르키예에서 실제로 만나 잠시 여행을 같이 다닌 일도 있었다.

홀로 집에 온종일 누워만 있는데 왜 이렇게 바쁠까 생각했었다. 이렇게 모아 보니 바빴던 이유가 있었구나 싶다. 그러니 누워만 있다고 게으름뱅이라 생각하지 말기를 바란다.

별걸 안 해서 기쁜 건데요

무슨 큰 걸 원해서 혼자이길 선택한 것은 아니다. 그러다 보니 아무것도 하지 않는다. 혼자 잘 살겠다는 의미가 꼭 주말 오전 일찍 일어나 미라클 모닝을 한다거나 새벽에 자기 계발을 한다거나 아니면 낮에는 남자 친구, 밤에는 운동하며 나를 위해 골드 미스가 되겠다는 뜻이 아니다. 그저 순수하게 혼자인 상태가 좋은 것이다. 자기 계발을 좋아하는 사람들은 앞서 말한 대로 살아갈 수도 있겠으나 나는 주말에 가끔 게으름을 피우려 한다. 아무래도 프리랜서이기에 삶이 일이고, 일이 삶이 되다 보니 그 경계를 나누고 싶은 심리가 있기 때문이다. 그래서 주말에는 정말 아무것도 하지 않고 침대에 오래 누워 있기를 결심해 최대한으로 게으름 부리려 노력한다.

이번 주는 대체 공휴일까지 총 3일간의 휴일이다. 하루는 밥 먹으며 드라마를 봤는데 너무 재미있어서 빠져나오지를 못했다. 그렇게 식사 후 해외에서 사 온 과자를 뜯고 밤새도록 봤다. 그렇게 다음 날 늦잠을 잤으며 일어나 물만 마시고 화장실에 갔다가 다시 아늑한 침대로 들어갔다. 손목이 부러질 것 같을 때까지 핸드폰으로 SNS를 보고 지겹다 싶을 즈음 블로그에 일기를 끄적였다. 아마 도시에 살았다면 누워서 앱으로 배고픈 시간에 먹고 싶은 음식을 최소 주문 금액에 맞춰 배달시켰을 테지만 시골집 근처에는 배달해 주는 곳이 없었다. 한번은 제일 가까운 치킨집에 전화 주문을 했더니 배달비만 8천 원이 나왔다.

그렇게 핸드폰을 하도 들여다봐서 더는 볼 게 없을 즈음 비로소 일어나 냉장고 속 재료로 음식을 만들어 먹었다. 나는 이럴 때마다 너무 기뻐 자신이 기특하다고 칭찬을 남발한다. 이렇게 마음껏 게으를 수 있는 자유, 그 무엇도 하지 않아도 뭐라 할 사람이 없다는 점, 내 몸 하나만 간수하면 되는 삶. 내가 어딘가에 말하지 않으면 그 누구도 내가 게으른지 모를 이 완벽한 늘어짐의 하루가 정말 즐겁다.

그냥저냥 살고 싶은 날도 있고 열심히 살아 보고 싶은 날도 있다. 그런 일생의 하루를 남의 컨디션에 맞추지 않고 나에게

만 묻는다는 건 큰 행복이다. 혼자라 다행인 이유는 하루에도 수십 번씩 자동으로 떠오른다. 여행지에서는 하루에 몇백 번씩 생각한다. 그러나 '혼자가 아니었으면 좋았을 텐데.'라는 생각은 몇 번 하지도 않았다. 누군가는 외로운 게 싫어 결혼했겠지만, 누군가는 그저 누워 있는 게 좋아 아무도 만나지 않기를 택하기도 한다. 거창한 이유는 아니지만 사실이다.

가끔은 혼자가 아니라면 좋겠다

잘 살다가 가끔 반려자가 있었으면 좋겠다는 생각을 하기도 한다. 그런 생각을 하는 순간은 아래와 같다.

1. 공항까지 바래다줄 사람이 필요할 때

2. 장기 해외 체류 시 차량을 보관해야 할 때

3. 반려동물 키우고 싶을 때

4. 청소하기 귀찮을 때

5. 음식 메뉴를 여러 가지 먹고 싶을 때

6. 무거운 짐을 들어야 할 때

7. 잡초 뽑아야 할 때

8. 장거리 운전해야 할 때

9. 화날 때

10. 바퀴벌레 잡아야 할 때

전부 써 두고 보니 저런 걸 하자고 결혼할 수는 없는 노릇 같다. 정말 별거 아닌 일들이었다. 결혼이 필요한 게 아니라 그냥 귀찮은 일이 하기 싫을 뿐이라는 걸 알게 되자 이 못된 심보에 스스로 어이가 없어졌다. 상대가 필요한 게 감정 교류 때문이 아니었다니. 내가 반려자에게 원하는 행동은 모두 혼자 빠르게 해결할 수 있다는 사실을 알게 되었다.

√ 공항까지 바래다줄 사람이 필요할 때

공항 픽업 샌딩 서비스를 이용하기. 우리 집 기준으로 편도 10만 원 정도 지불하면 기사님이 깨끗한 차로 집 앞까지 데리러 와 주는 서비스가 있다. 물론 짐도 트렁크에 친절하게 실어 주신다. 자본주의로 맛보는 상냥한 서비스도 따라온다. 새벽에도 눈치 보지 않고 안락한 벤 안에서 좌석을 뒤로 젖혀 잠들 수 있다. 덕분에 쾌적한 이동이 가능하다. 서울에 거주한다면 이보다 저렴한 금액으로 이용이 가능할 테다. 장기 여행이 아닌 경우, 스스로 운전해서 공항 주차장에 차를 세워 두고 다녀온다.

√ 장기 해외 체류 시 차량 보관해야 할 때

부모님 집이나 가족, 친구 집에 차를 맡기고 방전되지 않도록 종종 시동을 걸어 달라고 부탁한다. 급하게 차가 필요한 친구에게는 한 달가량 차량 보험을 추가로 들고 원할 때 내 차를 이용하라고 한 적도 있었다. 일주일 정도 차량을 사용하지 않는 경우, 친한 옆집에 차 키를 맡겨 주 1회 정도 차량 시동을 걸어 주실 수 있느냐 부탁드리기도 했다.

✓ 반려동물을 키우고 싶을 때

당연하게도 반려동물을 키우지 않으면 그만이다. 해외여행을 자주 다니는 라이프 스타일을 가지고 있다 보니 반려동물을 키우지 않는다. 그래서 앞으로도 키우지 않으리라 깔끔하게 다짐했다. 대신 길고양이들이나 옆집 강아지를 흘끗거리거나 SNS로 랜선 동물 구경을 한다. 시간이 나면 유기견 보호소에 가서 청소를 돕기도 했다. 출장이 잦은 직종에 근무하던 친구가 퇴사하고 한 일이 있었다. 바로 반려동물을 키우고 싶지만 키울 수 없는 사람들끼리 모여 유기견 보호소에 봉사 활동을 다녀오는 것이었다. 그 이야기에서 아이디어를 얻어 나도 혼자 지내는 친구들과 함께 다녀왔다. 보람차고 기분 좋은 일인데다가 귀여운 강아지들도 있으니 하지 않을 이유가 없다.

✓ 청소하기 귀찮을 때

가전제품에 투자하기. 혼자 살지만 12인용 식기세척기를 사용하고 로봇 청소기 역시 물걸레질, 걸레 빨기 및 건조까지 자동으로 되는 최신형으로 구매했다. 친구들이 혼수로 사 가는 가전제품들 개수보다 더 많이 갖춰 놓고 사는 중이다. 홀로 살다 보니 청소할 부분은 그리 많지 않아 항상 청결한 상태를 유지할 수 있다.

√ 음식 메뉴 여러 가지 먹고 싶을 때

먹고 싶은 음식을 전부 시켜 먹고 남으면 포장한다. 그렇게 다음 끼니까지 해결할 수 있다. 요즘은 혼자 밥 먹으러 갈 때 아예 밀폐 용기를 두세 개 정도 챙겨 남은 음식을 담아 온다. 이러면 일회용 용기가 생기지 않아 환경에도 도움이 되고, 재활용 쓰레기를 버리러 가야 하는 횟수도 줄어든다. 집으로 돌아와 바로 냉장고에 넣어 두면 죄책감 없이 다음 식사를 준비할 수 있다.

√ 무거운 짐 들어야 할 때

나눠서 여러 번 옮기거나 옆집 아주머니께 도움을 요청한다. 큰일이면 돈을 써서 도와줄 사람을 구하기도 한다. 혼자서 하나씩 해 나가다 보니 생각보다 내가 힘이 꽤 세다는 걸 깨닫게 되었다. 여러 번 오가기 귀찮아 어깨에 이고 지고 양손 가득

드는 걸 몇 번 해 보니 별일 아니라는 것도 알게 되었다. 그저 귀찮고 힘들어서 미루고 싶었던 것일 뿐 혼자서도 가뿐히 할 수 있다.

√ 잡초 뽑아야 할 때

잡초가 자라지 못하는 환경으로 바꾸기. 시기마다 관리인 구하기. 부모님 도움받기. 사실 결혼하고 싶은 마음은 여름의 시골집을 관리할 때 가장 많이 생긴다. 이 집은 작은 산이 둘러싸고 있는 형태라 관리 범위가 매우 넓다. 현재는 부모님이 오실 때마다 며칠 정도 수고롭게 관리해 주고 가시지만 얼마 지나지 않아 또 흙이 보이지 않을 만큼 잡초가 무성해진다. 결국 매일 조금씩 관리해야 한다는 결론이 나왔다.

이와 같은 일 때문에 외국 여행객 중 장기 거주를 하며 집안일 돕기 품앗이의 형태로 여행하는 사람들을 구하는 온라인 플랫폼에 내 집을 등록할까 생각도 한다. 건장한 남성 둘이서 우리 집에 머물며 한국 농촌 체험을 해 보고, 나는 그들에게 숙식을 제공하면 꽤 그럴싸하지 않을까. 현재는 아빠가 농작물 키우기를 좋아하셔서 모든 건 부모님이 도와주고 계신다. 만약 아무도 나를 도울 수 없다면 최후의 수단은 흙이 보이지 않도록 마당에 자갈을 깔거나 잡초가 자라나지 못하는 환경으로 공사하는 것이다. 그래서 열심히 돈을 모으고 있다. 괜히 주택의 하이라이트를 조경이라고 부르는 게 아님을 절실히 느낀다. 집 내부 인테리어보다 금전적으로, 기술적으로도 훨씬 어려운 일이다.

✓ 장거리 운전해야 할 때

하기 싫어도 직접 운전하거나 대중교통, 대리 기사 이용하기. 돈과 시간이 더 들더라도 정말 운전하기 싫거나 피곤한 날에는 종종 대리 기사를 부른다. 카페에서 친구랑 놀고서 집에 돌아갈 즈음 1시간 운전하는 일이 너무 싫어 부르기도 하고, 일이 끝나고 에너지 방전으로 대리 기사님을 부른 적도 있다. 하여간 취하지 않은 상태에서 대리 기사를 참 많이도 불렀다. 그렇게 돈을 쓰고 뒷좌석에서 모자란 잠을 더 자거나 핸드폰 또는 노트북으로 일을 해 노동의 가치로 죄책감을 덜어 낸다. 피곤해서 사고 나는 것보다 안전하기에 내게는 가치 있는 지출이다.

✓ 화날 때

일기에 감정 표출하기. 블루투스 마이크로 노래 부르기. 별일 아닌데도 들어 주고 맞장구쳐 줄 상대가 있으면 말하다가 분노가 더 쌓이기도 한다. 오히려 혼자 해결하는 게 감정이 빠르게 누그러든다. 만약 감정 다스리기가 어려울 정도라면 심리 상담 앱을 활용해도 좋다. 상황별로 알맞은 상담사가 조언과 해결책을 건넨다.

사주나 타로를 보는 방법도 있다. 요즘은 메신저나 앱, 전화 등 돈만 더 쓰면 그 분야의 전문가들을 빠르게 만날 수 있다. 한번은 결혼한 친구에게 결혼해서 뭐가 좋냐고 물었던 적이 있다. 친구가 말하기를, 부정적인 감정에서 빠르게 나올 수 있어 좋다고 했다. 힘든 일이나 분노할 일이 있으면 혼자서 계속 같은 주제를 머릿속으로 상기하는데, 결혼하고 나서는 함께 사는 사람과 같이 밥 먹고 TV를 보는 등 다른 일을 함께하기에 감정적으로 오래 머물지 않는다고. 그래서 나 또한 자본으로 구할 수 있는 사람을 찾아 현 감정에서 빠져나올 길을 찾았다.

√ 바퀴벌레 잡아야 할 때

해충 방역 업체와 계약하기. 갑자기 나타난 경우라면 어쩔 수 없다. 싫어도 그냥 하면 된다.

전에는 보지도 못했던 바퀴벌레가 여름 장마철이 되자 신발장에서 목격되었다. 다행히 집 안까지 들어오지는 못한 듯했지만 관리가 시급했다. 큰돈 들여 수리한 집이 바퀴벌레 소굴이 되는 건 상상만 해도 눈물이 흐르는 최악의 상황이었다. 당장 인터넷 검색으로 제일 유명한 해충 방역 업체를 불렀다.

집 평수마다 비용이 달라지는데, 25평인 내 집의 경우 한 번 출장할 때마다 10만 원 정도였다. 그래서 두 달에 한 번씩 방문 점검해 주는 시스템으로 신청했다. 벌레가 많은 시기인 여름부터 6개월간 이용 신청을 하고, 그 이후로는 집 외부에 약을 뿌리며 관리하는 중이다. 다행히 창틀에 죽어 있는 사체 말고는 더 이상 나타나지 않았으나 앞으로 더 나온다 해도 어쩔 수 없다. 휴지를 돌돌 감아 벌벌 떨면서 버리는 수밖에.

정리해서 적으니 모두 돈 좀 쓰면 금방 해결되는 일들이었다. 누군가의 존재와 애정이 내게는 그리 중요하지 않았기에 곰곰 따져 내린 결론, 내게 남편이 필요한 건 아니었다. 그저 돈을 열심히 벌어야 할 이유였을 뿐이다. 역시 혼자서 불가능한 일은 없다.

당신이 정말 누군가가 필요한 이유가 무엇인지 깊게 따져 보자. 잠잘 때 사람의 온기가 필요해서, 누군가의 사랑이 필요해서, 귀신이 무서워서 등이라면 그걸 채워 줄 누군가를 찾아봐야겠다. 그러나 나와 같은 이유라면 대부분의 일을 혼자 할 수 있어야 한다. 누군가에게 들키기 싫다면 나만 볼 수 있는 어딘가에 솔직하게 털어놔 보자. 그 사실을 아는 것만으로도 당신이 누구를 만나든 아쉬운 위치로 가지 않게 도와줄 테니까.

혼자 살면 외롭지 않은가요

혼자 뭘 하기만 하면 외롭지 않냐는 질문을 항상 받는다. 여행을 혼자 다녀도 외롭지 않냐, 혼자 살아도 외롭지 않냐. 결론적으로는 별로 외롭지 않다. 오히려 그렇게 묻는 사람들이 자신의 외로움을 잘 느끼거나 그 외로움의 시간을 싫어하는 이들이겠다. 내 눈에는 뭐든 혼자 하는 사람이 외롭지 않을까 하는 생각보다 정말 자유롭겠다는 생각이 먼저 든다. 그 이유는 나도 혼자 있을 때 외롭기보다는 자유롭다고 느끼기 때문이다.

인간이라면 때때로 외로운 감정을 느낀다. 그건 너무나도 당연한 심리다. 그렇지만 그 감정을 좋아하는지 아닌지의 차이에서 홀로 무얼 즐길 수 있는지 그 반대인지로 나뉜다. 외로움은 크게 두 종류로 하나는 정신적 외로움, 하나는 현실적 외로움이다. 현실에서 어떤 존재가 내 곁에 없다는 가정 하에 두 경우 다 외로웠던 순간이 바로 떠오르지 않는 걸 보면 나는 혼자일 때의 그 적막함과 고요함을 사랑한다고 말할 수 있다. 아무 소리도 들리지 않는 밤, 창밖에서 들려오는 풍경 소리, 내가 골라 둔 조용한 음악, 그리고 노란 조명 속 그 고요함. 내게는 평화일 뿐이지 외로움인 적은 없었다. 정신적으로도 마찬가지다. 나는 개인적으로 내면 탐험을 아주 어릴 적부터 즐겼다.

나를 가장 잘 아는 내 자신을 통해 경험하면서 변화하는 생각을 지켜보는 일은 정말 흥미롭다. 그 과정에서 다른 사람이 생각하는 외로움을 이해하지 못했다. 애초에 어떤 종류의 외로움인지도 잘 모르겠으니. 그래서 무엇 때문에 혼자이기를 망설이는지를 확실히 알지 못하는 걸 보면 나는 혼자 외롭다고 느끼지 않는 사람임은 분명하다.

살면서 느끼는 수많은 감정에 대해 좋고 나쁨으로 나누기는 어렵다. 사람들이 부정적으로 생각하는 감정은 외로움, 슬픔, 불안, 긴장과 같은 것들인데 진짜 잘 살기 위해서는 그 어떤 감정에도 편견 없이 바라볼 줄 알아야 한다. 어느 날 불안이나 외로움이 불쑥 찾아오면 '내 상태가 그렇구나.'라고 인지, 인정한 다음 왜 그런 상태인지 스스로에게 질문을 던져야 한다. 그 질문에 대한 생각의 꼬리가 무수히 물려 갈 즈음 결국 그 안에서 스스로 편히 살기 위한 방법을 발견하게 된다.

말을 잘하게 된 비결

"말을 잘한다고요? 그냥 그에 대한 생각을 많이 해서 그래요."

살다 보면 여러 사람에게 공통으로 듣는 칭찬이 있다. 그것이 내게는 말을 잘한다, 똑똑하다, 글을 잘 쓴다, 생각이 분명하다, 자기 주관이 있다, 신념 있다 등이었다. 그래서 정말 내가 그런가에 대해서 객관적으로 분석하는 시간을 가졌다.

1. 혼자 생각해 볼 시간과 공간을 확보한다
2. 누군가의 의견을 듣지 않고 혼자서 사색하려 마음먹는다
3. 관찰한다
4. 정리한다
5. 결론 내린다
6. 수정한다

7. 다시 정리한다

8. 나만의 이야기가 만들어진다

그 속에는 이런 세세한 과정들이 있다. 혼자 살면서 자연스레 생각할 시간과 공간의 확보가 쉬웠다. 누군가를 만나고 오는 길에 나누었던 대화도 좋고 심리 상담사의 질문을 다시 곱씹는 것도 좋으며 영상 매체나 책을 보고 느꼈던 감정 또는 생각의 흐름을 따라가도 괜찮다. 그 어떤 주제라도 무관하다. 그것 중 내 생각에 조금 더 깊이 머물거나 명확하지 못한 부분이 있으면 다시 고독의 시간으로 가져와 주제를 놓고 홀로 관찰하면 된다.

언젠가 누군가가 내게 말을 잘한다고 했던 날이 있었다. 그날 나는 자신에게 '정말로 내가 말을 잘하는가? 왜 그렇게 보이게 된 걸까?'라는 질문을 집으로 돌아가는 내내 했다. 그럼에도 명쾌한 답을 할 수 없었고, 그 주제와 관련해 아는 게 많이 없기도 했기에 파헤쳐 볼 필요가 있다고 판단했다.

집으로 돌아와 '말을 잘한다는 것'을 주제로 수두룩하게 생각하기 시작했다. 내가 아는 사람 중 말을 잘하는 이들이 누가 있는지를 떠올리며 그들의 이름을 적었다. 그다음 그들의 직업, 생활 방식, 성격 등을 끄적였으며 그들과 나의 공통된 부분도 써 내려갔다. 놀랍게도 겹치는 몇 가지 특징을 확인할 수 있었다. 자기 객관화, 심하지 않은 수준의 자기 비하와 불만족, 결과물에 대한 높은 기준, 신념 등. 그것들을 발견할 수 있던 기준은 관찰, 기록, 성찰의 수순으로 사고가 이어졌기 때문이다. 좋은 사람이 되고 싶은 열망은 누구에게나 있지만 정말 자신이 원하는 것과 원하지 않는 것, 그 모든 부분에서 자신의 생각을 명확히 하기란 어려운 일이다.

사람들과 이야기하다 보면 마치 본인 생각도 아닌데 어디선가 주워듣고는 그럴싸하게 포장하는 이들이 있다. 공감의 말을 가져와 그걸 빠르게 취하는 사람들을 많이 만날 수 있다. 그런 방식이 대화를 이어 가는 데는 어찌 도움이 될지 몰라도 대화를 오래 유지하기는 어렵다. 하지만 자신을 여러 단계에 걸쳐 살피고 흩어진 이야기와 사건을 모아 성찰한 후 진정으로 자신만의 언어를 만든 사람들과의 대화는 시간 가는 줄 모른다. 밤새도록 이야기할 수 있다. 상대가 이렇게 생각하게 된 계기와 이유, 근거가 모여 진실함과 솔직함을 기반으로 대화가 이루어지기 때문이다. 많은 이들은 그저 똑똑한 사람, 말 잘하는 사람이라는 단어로 '말하기'라는 능력을 단순히 타고난 것으로 정의 하고는 한다. 그래야 자신의 말하기 실력에 대해 변명하기가 쉬우니까.

정말 말을 잘하고 싶다면 시간을 확보한 후 관찰하면 된다. 이 행동은 꼭 혼자서 하자. 고독의 시간 동안 정리하고 글을 적어 수정하며 진심으로 자신에게 질문하자. 나중에 타인과 그것에 대해 이야기하는 날이 온다면 누구보다도 명확한 표현이 가능할 것이다.

하루에 하나만 혼자 무언가를 생각해 보자. 그렇다면 1년에는 365가지의 생각을 정리한 셈이고 거기서 얻은 나만의 것들이 점점 쌓이게 된다. 5년, 10년이 지났을 즈음에는 어떨지 생각해 본 적 있을까. 그건 곧 자신이 된다. 말을 잘하는 것은 결국 혼자 고독의 시간을 많이 보냈다는 장한 결과물이다.

혼자 살다가
말하는 법을 잊어버리게 될지도

아주 오랫동안 사람을 만나지 않아 말할 기회가 사라지자 이러다가는 외로움을 넘어 사회성을 잃을까 걱정되기 시작했다. 시골에서 한 발짝도 나가지 않고 계속 컴퓨터만 쳐다보는 날이 지속됨을 발견하고는 조금 더 활기차게 생활하기로 마음 먹었다. 그 대책은 운동이었다. 어떤 운동을 할지 고민하며 집 근처에서 할 수 있는 운동을 찾아봤는데, 시골이라 그런지 골 프장이 가장 흔했고 그다음에는 헬스, 클라이밍, 킥복싱, 수영 등이 있었다. 아무래도 단체로 하는 것보다는 혼자 하는 걸 좋아하는 내 특성을 알기에 고민 없이 요가를 선택했다.

사실 사람을 구경하고 말하고 싶어 선택한 게 크지만, 요가라는 운동은 수행과도 같아 말할 기회라고는 요가원에 들어가 처음 만나는 직원분께 '안녕하세요.', 끝나고 나갈 즈음 '나마스

테.'라고 하는 게 다였다. 그렇지만 혼자 길게 수행해야 한다는 점이 잘 맞아 현재까지도 1년 이상 꾸준히 수련하고 있다. 해외 출장을 가서도 틈만 나면 요가원 갈 궁리를 하고 한국에 돌아오면 바로 요가원으로 향할 정도로 요가는 내게 정말 중요한 삶의 일부가 되었다.

매주 월요일부터 금요일까지 주 5회, 저녁 6시에는 집에서 하던 일을 정리하고 요가원으로 향한다. 집에 오면 저녁 8시 반쯤 되는데, 힘이 조금이라도 남아 있는 날에는 돌아와서 다시 요가 매트를 펼친다. 그날 배운 아사나(요가 자세)를 복습하기 위해서. 왜 내 몸은 이 동작이 되지 않는 걸까, 오늘은 괜찮던데 동작이 우연히 성공한 건 아닐까 등 수업 시간에 배운 내용을 다시 정리한다. 그러다 궁금한 내용이 생기면 책을 뒤적이거나 유튜브 영상을 찾아본다.

시작은 외로워질지도 모른다는 노파심이었으나 늘 하다 보니 1년 전과 다르게 몸에 큰 변화가 생겼다. 발에 닿을 생각도 없어 보이던 손끝이 이제는 발에 닿고도 남았고, 전반적으로 유연해졌으며 상체에 근육도 꽤 붙었다. 이제 만나는 사람들도 예전보다 몸이 탄탄해진 듯하다며 칭찬하기 일쑤다. 그뿐 아니라

쓸모없는 걱정으로 보내는 시간도 줄었다. 최소한 요가 수련 중인 1시간 정도는 너무 힘드니 아무 생각도 할 수 없었고, 수업 이후에도 너무 피곤해서 빨리 집에 가서 밥 먹고 싶다는 생각에 다른 걱정이 비집고 들어올 틈이 사라졌다. 이 모든 것이 혹시나 찾아올 외로움의 대비책 덕분이다. 외로우면 어떤가, 그것들을 잘 사용해서 살아가면 된다. 언젠가 외로움이 찾아온다 한들 혼자 사는 일은 무엇과도 바꾸기 싫은 즐거운 일이니까.

혼자 살면 무섭지 않은가요

솔직히 다른 사람들에 비해 겁이 없는 편임은 확실하다. 그러니 남들은 무섭다고 엄두도 쉽게 내지 못하는 여러 나라 여행을 동네 마실 가듯이 다녀올 수 있었겠지. 더 정확하고 객관적으로 무서움에 대해 말해 보자면 이렇다.

여자가 혼자서 시골에 살면 도시에 사는 것보다 더 무서운 일이 벌어지곤 한다. 가로등이 거의 없어 일단 해가 지면 걸어서 동네를 돌아다니는 것은 불가능에 가깝다. 우리 집은 알다시피 뒤에 작은 산이 있어서 겨울에는 짐승들을 마주치는 날도 있었다. 대낮에도 가끔 생전 처음 보는 동물들이 유유히 내려와 마당에 앉아 있다가 나를 보고 놀란 적도 있고, 너구리와 몇 초간 눈을 맞추며 눈치 게임을 한 적도 있다. (그때는 움직이지도 못했다.) 발이 수십 개 달린 지네 같은 녀석이 방정맞게 집

안을 돌아다니기도 했다. 그래도 벌레 같은 건 전기 파리채로 잡으면 그만이긴 하다. 의외로 가장 공포스러웠던 순간은 새벽에 CCTV 경보음이 울린 일이었다. 처음에는 너무 무서워서 전기 충격기를 한 손에 쥐고 벌벌 떨며 핸드폰을 확인했다. 거기 있던 건 다름 아닌 나방이었다. 덩치가 하도 커서 카메라가 침입자로 인식해 내게 알린 것이다. 그런 일이 몇 번 더 발생하자 더는 무섭지 않았다.

이 집은 너무나도 고요하다. 그래서 새벽에 정수기가 얼음 만드는 소리에도 누군가 침입하려는 줄 알고 몽둥이를 쥔 채 집 안을 기웃거린 적도 있다. 아무리 내가 겁이 없다고 한들 심장 철렁이는 일을 아예 겪지 않았다는 건 아니다. 그 때문에 심신 안정용 고급 전기 충격기를 구매하고 침실에 몽둥이도 숨겨 놨다. 그리고 집 곳곳에 무기로 쓸 만한 막대기들을 이곳저곳에 놔둔 이후에야 마음이 조금 편해졌다. 다행히도 우리 옆집에는 오랫동안 가깝게 왕래하는 이웃분이 계시기도 하고, 예전에 호주 시골에 2년 정도 거주하며 실제 도둑을 겪은 적이 있어 대처법도 알고 있었다. 두 명의 남성 도둑이 침입한 일이었다. 당시 집에서 늦잠을 자고 있었는데 옆방에 있던 동생이 '도둑이야!'하고 소리 질렀다. 그 후 겁에 질린 채 내 방으로 도망 왔고 나는 그런 동생을 숨겨 문을 잠근 후 경찰과 친구들에게 연락하라고 이야기했다. 그런 뒤에는 내가 직접 몽둥이를 가지고 집안과 정원을 뒤져 가며 도둑을 직접 찾아다녔다. 무섭긴 했지만 머리보다 몸이 먼저 반응한 것이다. 그때 대범하게 돌아다니는 나를 보며 혼자 살아도 괜찮겠구나 싶었다. 당시 그런 상황에 대비해 몽둥이를 구비해 둔 나를 속으로 칭찬하기도 했다. 이런 일을 겪어서 그런지 이 집에서도 만일의 상황에 대비해 시뮬레이션을 몇 번이나 돌렸다. 일단 전기 충격기로 겁을 주거나 사용한 다음, 몽둥이로 몇 대 때려 보고 정신 못 차리는 동안 경찰에 신고하는 것이다. 그다음에는 당연하게도 옆집으로 도망가야겠다. 이렇게 몇 가지 아이디어를 확보했다.

물론 내 이야기를 듣는다면 그게 가능할 것 같냐고 남들이 한심하게 생각할 걸 스스로도 알고 있다. 실제로 최악의 상황을 직면한다면 어떻게 될지는 아무도 모르는 일이니까. 하지만 일어나지도 않은 일 때문에 두려워서 동거인을 찾을 수는 없었다. 그리고 누군가와 같이 살거나 결혼한다고 해서 그 삶이 무섭지 않으리라는 보장이 어디 있는가. 함께 살아도 그 둘모두 곤경에 처할 상황이 발생할 확률은 마찬가지이다. 게다가

요새 뉴스를 보면 불행해도 그냥 참고 사는 커플도 많다는 걸 누구나 알고 있을 테다. 동거인이 폭력을 행사한다든가 도박 빚을 만들어 온다든가 하는 일은 무섭지 않은가? 혼자 살지 않아도 무서운 일은 세상 누구에게나 일어날 수 있다는 걸 깨달아야 한다.

이기적인 시간들의 행복

    부모님이 한 달에 한두 번 정도 시골집으로 오신다. 마당의 텃밭을 관리해 주시거나 세차를 해 주시며 머물다 가시고는 한다. 당연히 사랑하는 가족을 자주 볼 수 있음에 행복하지만, 매일 새벽에 일어나 힘든 일을 대신 해 주시는 엄마와 아빠를 볼 때마다 대체 자식을 향한 사랑은 무엇인지에 대해 고민하게 된다. 아무리 생각해 봐도 자식은 절대 부모에게 받는 사랑만큼 되돌려 주지 못한다고 확신하며 스스로를 불효자 클럽에 집어넣었다. 부모님이 먼 길을 와 주시는 것도 좋지만 가장 좋을 때는 바로 주말에 홀로 집에 있는 시간이다. 그 사실은 평생 바뀔 수 없다. 이건 정말 사랑하는 남자 친구가 있어도 마찬가지였다.

    누군가를 사랑하는 것과 별개로 내게는 이기적인 시간이

잔뜩 필요하다. 그 시간에 특별한 걸 하지는 않지만 그냥 내 귀에는 아무것도 들리지 않으면 좋겠고 그 누구도 내게 말 걸지 않았으면 한다. 눈앞에 내가 원하는 것 말고는 보이지 않았으면 좋겠다. 그저 침대에서 허리가 아플 만큼 누워 있다가 내가 깨고 싶을 때 일어나는 일. 그리고 겨우 화장실이나 가고 물 한 모금 마신 후 다시 침대로 들어가는 일. 그렇게 또 핸드폰을 붙잡고 스스로 한심해질 때까지 영상이나 보는 일. 외적 방해를 받지 않고 가끔 엉망으로 살아 보는 일. 이 외에도 유익하면서도 이기적인 시간을 확보하면 행복 수치는 가장 높아진다.

요가를 하고 나면 항상 마감 시간을 앞둔 근처 대형 마트로 장 보러 가고는 한다. 고요히 먹고 싶은 음식만 신경 써서 장바구니를 채우는 내 옆으로 가족 또는 커플이 자주 지나다닌다. 이걸 살지 저걸 살지 고민하는 모습을 볼 때마다 '내 옆에는 아무도 없어서 다행이다.'라는 생각을 자동으로 하다가 문득 떠올렸다. 사람들에게 피해 주지 않고 자유로운 이기적임 속에서 평화와 행복을 느끼고야 마는 이런 이기적인 마음이 왜 나쁘다고 하는 건지. 어디 이뿐일까. 내가 어지른 물건을 내 마음대로 정리하고 필요한 물건들만 눈앞에 둘 수 있으며 넓은 공간까지 독차지라니. 타인의 물건이 내 공간에 멋대로 널브러져 있는 광경이 불편하고 내가 원치 않는 음식들이 냉장고를 차지하는 일은 참 성가시다.

그래, 나는 이기적인 사람이다. 그래서 뭐 어쩌라는 건가. 어쩌면 이기적인 나 자신을 존중받고 싶어 타인에게 무례한 관심을 주지 않으려 하는 것일지도. 간혹 결혼하지 않았다는 이유로 이기적이라는 소리를 듣고는 한다. 국가와 인류에 이바지하지 않고 좋은 점만 취한다는 논리로 말이다. 그러나 그런 논리라면 이기적이지 않은 사람이 세상에 얼마나 존재하겠는가. 정말 결혼을 국가에 이바지하기 위해 행하는 사람이 있기는 한가? 인류 멸망을 걱정해서 애 낳는 부부가 세상에 어디 있다는 말인가? 결혼도 아이도 개인의 행복을 위해 선택하는 최선의 방법이다. 누군가는 사람들의 방해를 받지 않고 반려자와 한집에서 살아가는 걸 택한다. 또 다른 사람은 반려동물을 키우고 홀로 아이를 키우기로 선택한다. 그들도 이기적인 시간을 보내는 것처럼 혼자 사는 사람들 역시 개인의 행복을 위한 현재의 최선을 골랐을 뿐이다. 그러니 그에 대해 일말의 부끄러움도, 죄책감도 가질 필요가 없다.

아픈 날

우리 동네에서 내가 가장 어리다. 어리다 못해 신생아 수준의 존재다. 옆집 사는 이모님도 이 동네에서는 아주 젊은 편이셨는데, 내가 이사 오고 나서는 막내 자리가 자연스레 나에게 넘어왔다. 그런 이유로 주변 어르신들의 걱정을 한가득 받으며 살아가고 있다.

혼자 사는 걸 두려워하는 사람 중 외롭게 늙어 죽을 것을 걱정하는 사람들도 많았다. 그럴 수도 있겠다 싶었다. 그러나 실제로 혼자 늙어 죽고 싶지 않아서 누군가와 함께 살아야겠다는 결론에 도달한 적은 없다. 그렇지만 시골에 내려와 살면서 노인분들을 이웃으로 두며 자연스레 늙어감을 눈으로 직접 보고 느낀다.

이사 온 지 얼마 되지 않은 날, 집 정리와 업무로 정신이 없어 한동안 집 밖을 전혀 나가지 않았다. 문도 다 닫아 둔 채로 단 한 발짝도 나가지 않아 며칠이 지났는지도 잊었다. 이 동네 어르신들은 아침이면 밭에서 일하신다. 조용하지만 바쁜 삶을 사시기에 동네에 누가 돌아다니는가를 다 알고 계신다. 그렇게 집을 오래 나서지 않자 어느 날 누군가 이 집을 찾아왔다. 돌아가신 우리 할머니의 친한 친구였다는 옆집 할머니셨다. 할머니는 굽은 등으로 삶은 옥수수를 가지고 느릿하게 우리 집으로 올라오셨다. 무슨 일인가 싶어 마당으로 나가니 할머니가 외치셨다.

"왜 밖을 안 나와? 죽은 줄 알았잖아."

"일하느라 그렇게 됐어요."

"뭐라고?"

할머니는 귀가 잘 들리지 않아서 아주 크게, 천천히 말해야 한다.

"일, 일해요. 집에서!"

"일? 이거 먹고 밖에 좀 나와."

나는 머쓱하게 옥수수 세 개를 받아 들고는 곧장 집으로 들어왔다. 누군가에게는 성가실 수도 있겠다만 내게는 따뜻한 일이었다. 옆집 할머니가 돌아가신 우리 할머니와 친한 사이라, 이 동네에서 아빠가 나고 자랐기에 더 아무렇지 않게 머무는 건지도 모르겠다. 이유가 뭐든 간에 여기서 혼자 살다가 아파서 죽으면 되려 누군가 빨리 발견해 줄 수도 있겠다는 생각까지 했다. 자연스럽게 떠오를 수밖에 없었다. 옆집 할머니는 매일 밭에 나가 일을 하신다. 등이 굽고 귀가 잘 들리지 않으시지만, 농사 지으시는 모습을 보면 '저렇게 일하시면 힘드실 텐데, 다음 날 아프실 텐데. 그래도 혼자 나이 들어서 누구의 도움이 없어도 잘 살 수 있구나.'라는 용기를 얻는다.

그리고 아직 내 몸은 젊으나 젊다고 아프지 않은 건 아니다. 한 달에 한 번쯤은 꼭 아프다. 어떤 달은 소화가 잘되지 않아 속이 더부룩하고, 매달 생리할 즈음이 되면 두통과 함께 기분이 언짢아진다. 운동을 심하게 한 날이면 말도 못 할 만큼 걸을 기운조차 없다. 그럼에도 불구하고 혼자이길 천만다행이라는 마음으로 안도한다. 삼십여 년 넘게 내 몸 컨디션을 지켜봐 온 결과에 따라 상비약도 구비해 두고, 아픈 날 먹을 죽과 떡 등은 항상 냉동실에 잘 얼려 보관하고 있으니까.

또 그게 없을 경우를 대비해 간단히 먹을 수 있는 음식 레시피를 외우고 있다. 냉장고에는 소화제와 매실액, 냉동실에는 죽과 떡, 거실 서랍에는 상비약과 무통 사혈침 등 내가 사용할 구급 상자를 만들었다. 이는 일상에서의 기본적인 아픔에 대한 대비다. 그 외에도 실비 보험과 암 보험 등 종류별로 보험을 들었고 건강 검진도 빼놓지 않고 받는 중이다. 치과도 주기적으로 다닌다. 그리고 핸드폰 긴급 의료 데이터에는 내 혈액형과 각종 정보를 빼곡하게 적어 둔다. 비상 연락망도 항상 지정해 둔다. 한국에 있을 때는 가족 포함 가까운 사람들의 번호를, 해외에 체류할 때는 영어로 이름 같은 정보를 변경한다. 이게 내가 할 수 있는 아픔에 대한 최대한의 준비다.

오늘도 생리 증후군으로 머리가 아프고 몸이 무거워 잠을 10시간이나 잤다. 그 후로도 한동안 침대에만 누워 핸드폰을 훑고는 책을 들었다 놓으며 지친 상태로 하루를 보냈다. 아침에 잠시 깬 상태로 부엌에서 물 한 잔을 마시고 냉동한 호박죽을 꺼내 녹여 뒀다. 그러고는 다시 침대로 걸어가다가 정말이지 혼자 살아서 얼마나 다행인지 모른다고 생각했다. 이 상태에서 내가 애라도 낳았다면, 반려자가 있었다면. 그런 상상을 하니 머리가 더 깨질 것만 같았다. 내가 원하는 건 그저 아무 소리도 들리지 않는 곳에서 내가 원할 때까지 누워 있는 것뿐, 누군가의 위로나 보살핌이 아니었다.

상태가 호전될 즈음 일어나 호박죽과 냉동된 떡을 데워 먹었다. 오전보다는 좀 더 살 만해져 세탁기와 식기세척기, 로봇청소기를 돌린 다음 다시 소파에 누워 책을 들었다. 아픈 와중에도 집을 손쉽고 청결하게 유지할 수 있는 세상이다. 청소는 기계들이 알아서 해 주고 있다. 나는 그저 세상이 점점 더 좋아져 나이 든 내가 많은 걸 할 수 없게 될 때 즈음 나를 도와줄 유용한 기계들이 탄생할 거라 믿고 있다.

무기력한 시간

혼자 시골에 살며 집에서 일까지 하니 정신을 제대로 차리지 않으면 무기력의 길로 쉽게 끌려가게 된다. 물론 내가 무기력한지는 아무도 알지 못해 좋기는 하다만, 잘 살아 보고 싶어 홀로 살기를 택한 마당에 마음이 건강하지 않으면 그건 도태되는 삶이기에 내가 바라던 삶과 거리가 생긴다. 혼자 살고 싶다는 게 도태되어 아무도 모르게 고독사하고 싶다는 뜻은 아니니까.

추운 계절이 다가오면 내게는 급격한 무기력이 찾아온다. 매년 가을에서 겨울로 넘어가는 시즌에 1차 고비를, 본격적인 겨울이 되면 심각할 정도로 우울을 맞는다. 이제는 그 우울의 주기를 알기에 겨울에는 따뜻한 나라에 살다가 봄이 되면 한국으로 다시 돌아오곤 한다. 내 궁극적인 바람은 1년 내내 여름인 것이다. 다행히 현재 하는 일이 여행 유튜버이고 온라인으로 여러 형태의 수익을 내고 있어 인터넷만 된다면 일할 수 있는 점이 좋다. 부자는 아니더라도 나 혼자 먹고살 수 있는 상태가 만들어졌지만 때때로 겨울이 아니더라도 쌓인 일에서 답이 보이지 않으면 그저 이 모든 삶이 꿈이었으면 하는 바람도 든다. 그런 침대에서 꼼짝도 하기 싫어지는 날이 종종 오기도 한다. 그때는 그냥 아무것도 하지 않는다. 무언가를 하려고 애쓰는 마음 자체로 가슴속 부채만 쌓여 가니까. 그러면 일도 못 하고 편안한 상태로 쉬지도 못하는 이상한 모양새가 된다는 걸 깨달았다. 아무것도 하기 싫은 날은 그냥 아무것도 하지 않도록 놔둔다. 그렇게 자신을 혼자 어르고 달랜다.

'뭐 때문에 그래? 피곤해? 그럼 더 자. 오늘 하루 더 잔다고 인생 바뀔 것도 없어.'

자신에게 최대한 다정을 베푼다. 타인에게도 그러려고 노력하지만 내게는 그보다 좀 더 다정하게 대한다. 그러나 그 다정에는 기한이 있다. 내 경우에는 요가를 시작하는 오후 6시 40분이 무기력한 매몰의 종료 시각이다. 무슨 일이 있어도 요가만큼은 가야 했다. 하기 싫은 날이라도 가서 누워만 있다가 오자는 심정으로 차에 시동을 건다. 일어나기도 싫다면 우선 침대에서 벗어나 요가복 입는 것까지만 해 보자고 마음먹는다. 막상 옷을 입고 나면 '기왕 입었으니 가 보지, 뭐.'라는 생각이 든다. 요가가 끝나면 저녁 8시쯤이 되는데, 그때 배고프기 싫으면 가기 전에 뭐라도 먹고 가야 한다는 게 뇌에 입력되어 귀찮은 몸으로 오후 4시에 컵라면이나마 챙긴다.

이렇게 하루 동안 지켜야 할 나만의 약속을 하나만 만들어 놓고 그만큼은 지키려 노력한다. 밥벌이가 되는 일은 미룰지언정 요가는 꼭 한다. 사실 요가는 해야 할 일 목록에서 타인에게는 중요도 하위에 위치한다. 수익도 되지 않을뿐더러 고작 운동이니 하루 정도는 하지 않아도 사는 데 별 지장이 없기 때문이다. 그럼에도 반드시 지켜야 할 목록에 올린다. 무기력한 날만큼은 중요도의 우선순위보다 내 기분 달래기가 먼저니까. 사람들이 발명하고 만들어 낸 단순한 기계도 가끔 고장이 나는데, 그보다 더 복잡하게 만들어진 인간의 몸이 종종 고장 나는 건 정상이다. 삐걱거릴 때마다 기름칠해 주고 잘 관리하면 된다. 살다 보면 무기력할 때도 있다. 그게 뭐 대수인가.

집에서 혼자 보내는 주말

혼자 산다고 매번 혼자 있는 건 아니었다. 인생을 그럭저럭 살아온 탓인지 다행히도 아직 만날 가족과 친구가 남아 있어 온전히 주말을 홀로 보낸 적이 많지는 않다. 친구나 가족이 함께 북적거리다 돌아가면 안 그래도 고요한 시골집에 짙은 적막이 찾아온다. 혼자 있는 걸 너무 좋아하지만, 사실 그들이 떠나고 5분간은 괜찮다가도 그 이후에는 잠시 심심해진다. 그래서 잊었던 자유와 고요를 야무지게 사용하고 싶어진다. 다시 누군가와 함께할 시간이 다가오기 전에 홀로 최대한 즐겨야겠다는 마음과 게으름이 동시에 머리를 들이미는 것이다.

토요일은 주로 늦잠을 잔다. 그렇게 평온히 일어나 아침 환기를 시키고 텃밭으로 나가 잡초를 보며 생각에 잠긴다. 가지가 주렁주렁 달린 걸 눈에 담으며 저걸 따 와 밥을 먹어야겠다는 생각도 한다. 유튜브로 재즈 음악을 찾아 틀어 두고는 소파에 누워서 핸드폰을 뒤적인다. 배가 고파지면 가지를 따러 갔다가 옆에 있는 고추, 케일도 따서 올리브 오일을 뿌려 오븐에 구워 먹는다.

집에 매트를 깔고 혼자 간단한 스트레칭 정도의 요가를 하고 책도 읽다 보면 어느덧 해가 저물어 있다. 그렇게 밤 11시 10분이 되기를 기다렸다가 간식과 따뜻한 차를 챙겨 늘 보던 시사 프로그램을 시청하기 위해 TV 앞에 앉는다. 친구들은 혼자 시골에 살면서 무서운 걸 본다며 이상하다고 말하지만, 나는 그 무서움을 극대화해 줄 시간을 기다린다. 프로그램이 끝나면 아쉬워서 미드나 영화를 보다가 잠이 든다. 최근에는 피부 여드름이 잔뜩 올라와 피부 관리실을 다니는 중인데, 주말을 좀 더 알차게 보내고 싶어 웬만하면 주말 오전에 예약을 잡고 있다. 그럼 어쩔 수 없이 일찍 일어나니 나간 김에 필요한 장을 보고 점심도 먹고 돌아온다.

일요일은 다음 주를 맞이하는 준비의 시간이다. 한마디로 청소하는 날이라 보면 된다. 평일 동안 지저분해진 집을 모조리 정리한다. 한 주의 빨래를 돌리고 재활용 쓰레기를 버린다. 화장실에는 락스를 뿌려 박박 닦는다. 애매하게 자리를 벗어난 물건들을 다시 제자리로 돌려놓고 쌓인 먼지를 털어 낸다. 로봇 청소기에 끼인 머리카락도 빼고 물통도 닦아 준다. 텃밭에서 재배한 채소들을 손질해서 보관하는데, 그때 이것저것 만들기도 한다. 고추장아찌를 담거나 깻잎과 바질 페스토를 만들고는 한다. 호박, 파, 고추 등은 잘라 소분 후 냉동실에 넣는다. 식물에는 물을 뿌리며 종종 분갈이해 주는데 이러다 보면 이미 저녁 시간이 되어 있다. 음악을 조용한 클래식으로 바꾼 다음, 다음 주에는 무슨 일이 있는지 캘린더를 살피며 경제 유튜브 채널에 영상을 업로드한다.

너무나도 바쁘고 알찬 혼자 사는 사람의 휴일이었다. 모든 일이 마무리된 뒤에 좋아하는 영상을 보며 먹고 싶은 저녁을 차리는 시간도 참 낭만적이다. 내가 바라던 어른의 모습이다. 이틀간 사람 소리를 듣지 못했고 나 또한 아무 말도 하지 않았다. 자연스럽게 묵언 수행까지 했으나 이보다 더 좋을 수 없는 주말이다.

혼자 살면서 가장 필요한 물건

삶의 질을 올려 주는 생활 가전, 주방용품들은 혼자 살아도 비싸고 좋은 걸 사야 편해지는 법이다. 참 희한하게도 생활 가전에 욕심낸 적이 없었다. 가전제품만 판매하는 마트에서도 청첩장 할인, 혼수 가전이라는 말만 잔뜩 봤지 1인 가구 대상의 적극적 마케팅은 보지 못했다. 그래서 자연스레 제대로 된 가전은 결혼하고 혼수로 장만하는 거라고 생각하며 살았다. 풀 옵션 원룸 오피스텔에 거주할 때도 기본 냉장고는 밥을 해 먹으라는 건지 말라는 건지 싶었고 냉동실은 아담의 극치였다. 2구짜리 작은 인덕션, 싱크대 아래 작은 드럼 세탁기 정도가 1인 가구에게 맞춤인 줄로만 알고 있었다.

사실 내 주변을 생각해도 혼자 사는 집에 가전을 제대로 챙기는 사람은 거의 없었다. 아무래도 혼자 사는 곳이라 공간이

크지 않은 점, 언젠가는 결혼할 테니 그때 사면 되지 않을까 하는 생각의 결과 같다. 저런 생각은 과거의 나도 꽤 했었다.

집 공사가 마무리되고 가전제품을 구입하려 온·오프라인 매장을 들락거렸다. 그동안 왜 이런 것들을 혼자서 사용할 거라고 생각조차 하지 않았나 희한했다. 비싸고 거대한 제품들, 이제 더는 1인용을 고르지 않았다. 아니, 내게 1인용 가전은 곧 대형 가전이 된 셈이다. 세탁기와 건조기도 용량이 큰 것으로, 식기세척기도 12인용으로, 냉장고도 큼직한 양문형으로 구매했다. 광파 오븐, 에어컨도 2in1, 얼음 정수기에 50인치 TV까지. 물걸레 세척과 건조까지 되는 최신형 로봇 청소기와 주부들의 로망이라는 인덕션 최초 개발 프랑스 브랜드의 화력 짱짱한 4구짜리 인덕션도 고민 없이 결제했다. 그리고 이런 빠른 구매에는 결혼한 지 5년 차가 된 유부녀 친구에게 여러 도움을 받았다.

"냄비랑 프라이팬은 뭘 사야 해? 양념통은? 도마는? 칼은?"

"냄비랑 프라이팬은 스테인리스로 사. 무조건 좋은 것으로 사. 신혼 때 괜히 귀여운 냄비 세트 산 건 얼마 쓰지 못하고 다 버려서 휘슬러만 남았다. 독일제가 제일이야. 그리고 계란후라이 해 먹을 프라이팬만 뚜껑 달린 작은 걸로 하나 사 두면 돼. 양념통은 내가 산 링크 보내 줄게. 이 사이즈가 숟가락도 들어가서 좋더라. 도마도 에피큐리언이라고, 이게 엄마들 사이에서 유명한 거야."

그렇게 결혼한 친구가 샀던 걸 거의 그대로 샀다. 세상이 좋아져 인덕션으로 이렇게 물이 빨리 끓다니. 세탁물을 조금만 넣으면 알아서 빨래가 빠르게 끝나다니. 매일 요가 가는 시간에 로봇 청소기로 청소 예약을 하면 바닥 물걸레 후 알아서 빨고 말린다니. 심지어 먼지 통을 비우지 않아도 된단다. 나는 이걸 왜 이제야 알았을까 싶다. 왜 그동안 이 좋은 걸 혼자 누릴 생각을 하지 않은 걸까. 결혼하고 가지는 혼수품이라고 생각했던 스스로가 비통해지던 순간이었다.

광파 오븐에 음식을 넣고 핸드폰 앱으로 레시피 전송 버튼만 누르면 요리도 알아서 해 준다. 그 때문에 혼자 살면서 집밥도 손쉽게 만들고 있다. 엄마도 내 집에서 로봇 청소기를 보고 한눈에 반했는지 갖고 싶다고 말씀하셔서 택배로 보내드렸다. 그런데 사용법을 알지 못해 두 달 넘게 개봉도 못 하고 있다는 얘기를 들었다. 그 이후 바라는 미래가 생겼다. 돈을 잘 모았다가 최신 기계가 나오면 사용해 볼 것. 새로운 기술과 기능에 낙오되지 말 것. 나이 들어서도 기계들을 잘 다루는 할머니가 되어 더 편하고 멋지게 살 것.

집, 혼수, 신혼여행 혼자서 합니다

집은 자신의 취향을 한껏 모아 놓은 최종 결과물이라고들 한다. 맞는 말이라고 생각한다. 내가 만든 공간은 화려하지 않지만, 시골에 걸맞은 따뜻하고 편안한 집이 되었다. 집 공사비, 가전 등 혼자 모든 비용을 감당해야 했기에 전체적으로 돈을 펑펑 쓸 만큼의 여유가 없기도 했다. 그리고 유행하는 새 가구보다는 이 시골집에 어울리는, 나만의 오래된 이야기가 있는 물건들로 채우고 싶었다. 그런 이유로 가전제품은 최신형으로, 가구는 좋게 말해 빈티지라 불리는 중고로 배치했다. 할아버지가 사시던 집에서 버리지 않고 계속 사용할 수 있는 가구 중에 자개장과 오래된 찻잔 장이 있었다. 작은엄마께서 혼수로 해 왔던 30년도 훌쩍 지난 가구들이다. 거기에 남동생이 자취 집에서 쓰던 가구, 동네 중고 거래 앱으로 무료 나눔 받은 소파와 의자,

폐업하는 카페에서 저렴하게 가져온 테이블, 엄마가 결혼할 때 사서 오랫동안 사용하던 책상까지. 그 안에서 내가 새로 구매한 가구는 침대밖에 없었다.

식기 역시 대부분 할머니 할아버지가 쓰던 빈티지 그릇이었는데, 그중에는 요즘 유행하는 레트로 컵도 다수 포함되어 내 의도와 상관없이 꽤 트렌디한 집으로 변화했다. 부모님 집에서 더 가져올 게 있나 뒤적거리다 비싼 컵 세트를 발견했는데, 예전 회사에서 고객 사은품으로 나눠 주고 남은 것이었다. 그 당시에는 곧 결혼할지도 모르니까 혼수로 가져가려고 모았는데 결국 결혼은 하지 않았다. 그렇게 그간 모았던 것들을 나만의 혼수로, 나의 공간에 옮겼다.

집 정리가 끝나고서는 사무실에서 해외 관광청들과 출장 일정을 조율했다. 내가 가야 하는 곳은 휴양지의 고급 풀빌라 리조트였는데 검색해 보니 신혼부부들도 많이 찾는 유명 체인 호텔이었다. 나는 그곳에 친구를 데리고 출장 갔다. 매니저가 스파 서비스를 해 주고 싶다고 하여 메뉴판에서 제일 비싼 패키지로 고르니 허니문 패키지였다. 이 기회가 아니면 영영 해볼 일 없겠다는 마음으로 친구와 함께 허니문 마사지를 받았다. 마지막 마사지를 받다가 온몸에 달콤한 초콜릿을 바르고는 친구와 욕조로 들어가 서로의 몸을 씻겨 주는 것으로 세 시간 짜리 고급 마사지 코스는 끝났다. 그 사실이 어이가 없고 웃겨서 친구와 한참을 낄낄거렸다.

"내년에 결혼하기 전에 나랑 먼저 신혼여행 와 버렸네."

"맞아. 내가 여행 와서 너무 즐거워하니까 남자 친구가 지금 되게 긴장하고 있어."

곧 결혼할 내 친구는 그렇게 나와 먼저 휴양지로 신혼여행을 다녀왔고, 결혼 후 남편과의 진짜 신혼여행으로는 뉴욕을 다녀왔다. 그렇게 현재 남편과 함께 꾸민 신혼집에서 행복하게 살고 있다.

그런 친구들과 달리 나는 뭐든 다 혼자 하고 있었다. 남들이 둘이서 돈 모아 가는 허니문 여행지인 몰디브도 홀로 16일간 머물렀고 방 세 개짜리 25평 시골집을 혼자 고쳐 살고 있으며, 그 집에 혼수도 혼자 구매해 채웠다. 정신 차려 보니 집, 혼수, 신혼여행을 홀로 다 해 버린 것이다. 별것도 아닌 일이 뿌듯했다. 그것을 별거 아니라 생각할 수 있는 사람이 나라는 사실에 스스로가 너무나도 자랑스러웠다. 아마도 내가 결혼하고 싶은 사람이 생긴다면 앞으로 상대의 존재에만 집중할 것이다. 상대에게 바라는 물질적인 부분을 스스로 이룰 수 있고, 이미 이뤄 놓았으니 그간 매력으로 작용했을 자본의 힘은 이제 내게 아무것도 아니게 되었다.

차가 생기고 운전을 하면서 운전하는 남자에게 특별한 매력을 느끼지 못하듯, 이제는 파트너의 경제력이 예전만큼 중요하게 생각되지 않는다. 물론 사회 구성원으로서 1인분의 역할은 당연히 해야겠다. 그러나 앞으로는 살다가 마음에 드는 사람이 생겼는데 혹여 그가 집이 없다고 해도 괜찮다. 그냥 내 집에 들어와 빈방에서 살게 하다가 좀 더 마음에 들면 결혼을 생각해야겠다. 반대로 그 사람이 싫어지면 내 집에서 나가 달라고 하면 되겠다. 이제는 예전보다 상대에게 바라는 게 적어진 건가 싶었으나 그보다 더 까다로워진 걸지도 모르겠다. 혼자서 경제적, 물질적, 정신적으로 안정의 상태에 접어들자 언제든 생길 수도, 없어질 수도 있는 돈보다 더 중요한 상대와의 화합을 생각한다. 시간이 지나 누군가를 만난다면 아마 서로에게 굉장히 좋은 사람이 되지 않을까. 물론 아닐 수도 있지만 그럴 거라는 예감이 든다. 비로소 이제야 진짜 원하는 사람을 고를 수 있게 되었다.

나이 들수록 결혼은 힘들어진다

예전에는 이런 말을 들으면 빨리 결혼하라는 압박이라고만 생각했다. 하지만 시간이 흐르면서 저 말의 진짜 의미를 알게 되었고, 현재는 나이 들수록 점점 결혼이 힘들어진다는 말에 큰 동의를 하고 있다. 그렇다고 나이 들어서 결혼하지 않은 걸 후회하냐고 묻는다면 오히려 그 반대다.

얼마 전, 여자 친구들끼리 모여 이것을 주제로 이야기를 나눴다. 우리의 주제는 '과거 결혼할 뻔한 연인들과 결혼하지 않은 일을 후회하는가.'였는데, 놀랍게도 모두 답이 같았다. 그때 결혼했으면 큰일 날 뻔했다는 것. 그리고 그 선택에 단 한 점의 후회도 없다고 했다. 한 명씩 차례대로 돌아가며 어떤 사람과 사귀었는지, 어떻게 헤어졌는지 이유도 상세히 들을 수 있었다. 어떤 큰 사건이 있어 헤어졌다거나 상대방이 회생 불가한

쓰레기형 인간이어서가 아니었다. 이별의 구체적인 이유는 각자 달랐으나 왜 결혼했으면 큰일 날 뻔했다고 느꼈는지는 만장일치였다. 그때는 자신이 무얼 좋아하고 싫어하는지, 어떤 사람이 내게 잘 맞는지에 대한 정보가 지금보다 부족했기 때문이다. 현재는 자신의 취향과 성향이 더 뾰족해져 어떤 유형의 사람과 어떤 형태의 라이프 스타일이 자신에게 맞는지 안다는 게 답이었다.

"그렇지만 그 당시엔 그걸 알지 못해. 그때는 내가 스스로에 대해서 엄청 잘 알고 있다고 느꼈어."

"맞아."

점점 시간이 흐를수록 나만의 세계가 커지고 단단해지며 타인과의 조율에 있어 전만큼 열정적인 마음이 줄어들었다. 과거의 나였다면 인내하고 맞춰 가며 연애했을 테다. 그렇게 노력으로 괜찮은 관계를 형성해 나갔을 테지만 현재는 그럴 확률이 희박하다. 굵직한 이유를 말해 보자면 하나는 과거의 경험으로 이 사람이 나와 잘 맞을 것인지 아닌지를 쉽고 빠르게 판단할 수 있다는 것이고, 또 하나는 이 사람이 없어도 홀로 자립하고 생존할 수 있다는 걸 너무나도 잘 알고 있기 때문이다.

요즘은 친구들이 이상형을 물어보면 내가 하는 일, 쌓아 온 커리어에 누가 되지 않을 사람이라고 가장 먼저 답한다. 이제는 상대가 내게 무엇을 더 줄 수 있는지보다 내가 이룬 일에 피해를 입히지 않는 사람이라는 게 중요해졌다. 그 사실이 재미있기도 했다. 이는 정말 큰 변화였다. 꼭 눈에 보이는 물질적인 것만을 뜻하지는 않는다. 내가 친구에게 이만큼 마음 써 줬으니 친구도 똑같이 해 줬으면 하는 바람이 사라진다는 의미다. 혼자 지내기에 여유 있는 공간에서 시간의 여유까지 만들어 나를 찾아 주고 곁에 머무르는 사람들에게 내가 가진 걸 더 많이 내어 주게 된다.

맛있는 밥을 함께 먹고 상대에게 질문을 던지며 관찰하는 다정한 시간. 이는 혼자만의 시간과 공간에서 찾은 여유 덕분에 생긴 좋은 변화다. 이곳에서 혼자 지내며 1년 전보다 더 좋은 사람이 되었음을 느꼈다. 치열하게 외로움을 택한 결과로 나만의 작은 성을 만들었다. 이곳에서는 적어도 월세를 내지 못하면 어쩌지, 밥 사 먹을 돈이 없어 굶어서 죽으면 어떡하지 같은 생존 걱정을 당분간 하지 않아도 될 듯하다. 이렇게 겨우 키운 나의 다정함을 앞으로도 잘 가꾸고 나누는 혼자만의 삶이라면 충분하다.

가끔 동거합니다

혼자 이곳저곳 돌아다니며 살면 동거의 기회가 잦아진다.
대부분 누군가와 함께 지내는 일이 생활비 절약에 도움 되기에
백 원 단위로 가계부를 작성하며 여행 다니던 시절에 자주 선
택했다. 정말 누군가와 있는 게 좋아서라기보다는 돈을 아끼고
자 그랬던 것이다. 사실 혼자만의 공간이 필요할지라도 매번 그
럴 수는 없었기에 그게 최선이었다. 그래도 지금 돌이켜 보면
그 덕에 여러 방식으로 타인과 살아 보고 다양한 동거의 형태
를 경험할 수 있었다. 내가 타인과 함께 살때 어느 정도의 공간
이 필요하고 어디까지 일상, 생각 공유가 가능한지를 발견했으
니까. 덕분에 생각하지 못했던 삶의 모양을 구경했고 그것들을
내게 맞는 방향으로 조금씩 다듬는 중이다. 내가 경험했던 동
거의 형태들은 아래와 같다.

√ 일하며 만난 동거인들

여행 다니는 게 일이기도 하고 프리랜서로 혼자 일하다 보니 자연스레 그와 비슷한 친구들이 많이 생겼다. 주로 여행과 일을 병행하는 디지털 노마드 친구들이었는데, 하는 일이 비슷해 공통 관심사도 쉽게 찾을 수 있었다. 이런 사람들은 배낭여행을 하더라도 본업을 해야 하기에 한 여행지에서 일반 여행객들보다 더 오랜 시간 머무르는 특성이 있다. 그 때문에 자연스레 함께 지내는 시간이 길어졌다.

아파트나 호텔 방을 빌려 각자 공유 공간에서 만나 함께 일하고, 쉬는 시간에는 일 이야기를 하거나 주변을 여행하며 밥도 같이 먹는다. 이런 경우 대부분이 관광하는 것보다는 일하는 것에 대한 관심도가 높다. 그래서 여행지에서 같이 일하는 밀린 일 처리 메이트가 되기도 한다. 일하기 좋은 카페를 공유하고 현지 모임 관련 정보도 얻을 수 있으며, 더 나아가서는 서로 일을 소개시켜 주거나 협업 관계로 발전하는 모습도 꽤 있다. 여행하며 일하는 삶을 유지하는 건 그리 호락호락한 인생이 아님을 서로 공감한다.

때로는 본인이 겪은 힘든 이야기를 스스럼없이 꺼내기도 한다. 꼭 그런 경우가 아니더라도 상대방이 원하는 걸 내가 도와

줄 수만 있다면 흔쾌히 도움을 주려 한다. 나 또한 무수한 사람들에게 아이디어 영감을 얻거나 내가 가진 고민에 대해 조언을 구하기도 했다. 혼자 지낼 때는 알지 못했던 다양한 세계를 간접적으로 경험하고 새로운 시선을 얻었다. 여러 공통점을 가진 사람들과 만날 때가 많아서 여행이 끝난 이후에도 간간이 연락해 도움 되는 관계로 발전하기도 했다.

√ 게스트 하우스

해외여행 하며 혼자 호텔 객실에서 지내기도 하지만, 때로는 게스트 하우스 같은 도미토리 형태의 숙소에 머물기도 한다. 그곳은 해외 각국에서 모인 여행객들과 한방에서 동거하는 모양새다. 물론 이 경우, 낯선 이들과 잠자는 공간만을 공유하지만 가끔 현지 투어 또는 여행 메이트가 필요하다면 친구가되어 여행을 함께하기도 한다. 친구뿐만 아니라 여행하다가 사귀거나 결혼한 커플들도 종종 만난다.

현지 여행을 할 당시에는 가장 친한 친구지만 여행이 끝나고 헤어진 후에까지 연락을 꾸준히 이어 나가는 건 어렵다. 그러나 함께하는 동안은 그들이 가진 다양한 문화와 생활 방식을 간접 경험하는 시간이 된다. 게스트 하우스 특성상 유럽 20

대 초반의 친구들을 사귈 기회가 많다. 한국과 다르게 고등학교 졸업 후 또는 취업 전 비행기 표만 사서 무작정 여행하는 친구들이 흔하기 때문이다. 여행업에 종사하던 프랑스 남성은 유럽이 아닌 아시아권 여행 문화를 배우자는 마음에 일하고 있었고, 아일랜드의 인디밴드 가수였던 친구는 다음 앨범 작업에 대한 영감을 얻기 위해 오토바이 구매 후 동남아를 천천히 여행 중이었다. 그들은 여행 경비가 많지 않아 주로 게스트 하우스에서 청소를 돕고 숙식을 제공받는 형태로 지냈다. 혼자 살아가면서 큰돈 들이지 않고 원하는 걸 하며 행복하게 살아가는 방법은 생각보다 무수하겠구나 싶었다. 그런 깨달음을 얻었던 귀중한 시간이었다.

√ 공유 주택

현지인 집의 방을 하나 빌리는 에어비앤비와 같은 공유 주택을 예약하면 집주인과 한집에서 같이 지내기도 한다. 집에 함께 있는 시간에는 집주인과 문화 교류를 하거나 운이 좋아 좋은 집주인을 만나면 친구처럼 지내기도 했다. 호주의 어느 집 방 한 칸을 빌려 일주일 정도 머물렀는데, 집주인은 자신의 차고를 사진 스튜디오로 개조해 집에서 촬영하는 포토그래퍼였다. 종종 모델들이 화보 촬영을 위해 방문하는 날이면 차고 옆에 앉아 그들이 일하는 모습을 구경했다. 또 집주인 차를 얻어 타고 마트 쇼핑도 다녔으며 집주인의 친구들이 저녁을 먹기 위해 방문하면 나도 그들의 친구가 되어 같이 식사했다. 밤에는 다 같이 거실에서 영화도 봤는데 정말 현지인처럼 지낸 경험이었다.

영어를 전혀 하지 못하던 시절이라 한 번씩 그들의 언어를 알아들으려 애쓰는 나를 보고 있자니 그런 느낌이 들었다. 숙박을 위해 비용을 지불했으나 영어 리스닝 수업비를 낸 듯한 기분이랄까. 실제로도 그들에게 영어 관련 질문을 잔뜩 하며 배우기도 했다.

나중에 혼자 살다가 외롭거나 심심하면 이렇게 공유 주택을 운영해도 좋겠다는 생각을 했다. 한국에 여행 온 게스트들과 같이 살아 봐야겠다고 마음먹은 계기이기도 하다. 그렇지만 아직은 내 공간에서 홀로 지내는 시간이 전혀 외롭지 않아 시도하지는 않았다.

✓ 카우치 서핑

이 또한 에어비앤비와 비슷한 형태로 현지인의 집에서 머문다. 다만 공유 주택과 다른 점이라면 카우치 서핑은 숙박비를 지불하지 않는다는 것이다. 여행 가는 지역의 호스트를 찾아 나를 소개하고 집주인이 허락하면 그 집에서 무료로 머물 수 있다. 여행, 문화 교류를 위한 목적으로 만들어진 서비스이기에 호텔로 생각하고 접근하면 엄청 실망하거나 번거로움에 포기할지도 모른다. 물론 남는 방에서 머무는 경우도 있으나 '카우치 서핑'이라는 이름처럼 현지인 집의 소파에서 자는 편도 더러 있기 때문이다. 전문 숙박업소가 아닌 현지에 사는 친구 집에서 지낸다는 기분이 더 맞겠다. 이 방법은 주인과의 교류가 잦은 편인데, 보통 여행을 좋아하는 사람들이 직장이나 기타 상황으로 여행을 가지 못해 여행객을 받는 듯하다. 외국인들과의 교류를 원한다는 게 이유일 테다.

처음에는 모르는 사람 집에서 자는 일이 위험할 것 같고 무섭기도 하며 예약이 불편해서 이용하지 않았다. 그러다 파키스탄의 변호사 저택 사무실에 남는 방 한 칸에서 머문 적이 있는데, 상업적이지 않은 여행 특유의 분위기가 좋아 용기를 얻었다. 그 뒤로는 종종 이용했는데 재미있는 점이 있다. 카우치 서핑을 이용한 다음, 나 또한 집주인에게 리뷰를 남길 수 있고 집주인도 내게 후기를 작성하게 된다. 거기서 내가 받은 후기를 읽어 보면서 타인이 내게 느끼는 공통적인 감정과 에너지를 발견한다는 것이다. 참 귀한 깨달음이다. 후기를 작성하는 게 예의이기에 함께 나누는 시간 동안 상대의 칭찬할 부분을 관찰하고 발견하려 노력한다. 후기는 그 사람이 가진 것들을 꺼내 좋은 이야기로 작성하는데, 찾아보면 누구에게나 좋은 점이 3가지 이상 있었다.

√ 공동 주택 하우스 메이트

요즘 한국에서도 조금씩 생겨나는 형태로 집 하나를 통째로 빌려 월세를 나누며 생활하는 방식이다. 월세가 비싼 나라에서는 매우 흔한 방식으로 주로 유럽에서 자주 보인다. 호주에서는 2년간 워킹 홀리데이 비자를 받아 일하며 지냈는데, 당시 직원 전용 숙소에서 지냈고 사장님 집을 관리했던 경험도 있다. 하우스 메이트의 경우 한 번 같이 살기 시작하면 최소 몇 달 정도는 쭉 함께 살아야 하기에 동거인을 찾는 조건이 꽤 까다롭다.

우선 집을 구하러 다니면 집주인, 그리고 기존에 살던 하우스 메이트들이 함께 의견을 나누어 새로운 하우스 메이트를 맞이할지 말지를 결정한다. 몇 달짜리 가족을 만드는 것과 다를 바 없으니 최종 선택에 신중을 기해야 했다. 옆방에 살 사람이라도 제대로 골라야 한다는 마인드다. 하우스 메이트를 잘못 고르면 최악에는 물건을 도난당하거나 집 청소로 매일 싸워야 한다. 세탁기와 화장실 모두 공용으로 사용하면 얼마나 싸울 일이 많은지. 상상조차 하지 못했던 일이 자주 발생하는 걸 두 눈으로 직접 목격하면서 다짐했다. 같이 살며 행복하기 위해서는 조건을 조금 더 명확하게 확인할 필요가 있다고.

✓ 장거리 연애

국제 연애를 하면서 자연스레 한국과 상대의 나라를 왔다 갔다 하게 되었다. 아마 그즈음이었던 것 같다. 한 사람을 빠르게 알고 싶다면 그 사람이 머무는 공간을 보면 된다는 깨달음을 얻은 게. 모든 공간과 물건에서 그 사람의 취향, 성격 등 대부분이 빠르게 파악된다. 그런 이유로 상대의 공간에서 내가 함께 머무는 점이 마음에 들었다. 상대방이 물건을 사용하는 방식, 물건 고르는 기준, 쉬는 날 루틴 등을 지켜보고 그 사람이 자란 나라의 문화를 경험하며 왜 이런 사람이 될 수밖에 없었나 이해할 수 있었다.

꼭 장거리 연애가 아니라도 진지하게 사귀는 사람이 있다면 살림을 합쳐 결혼 전 동거를 많이 한다. 그렇게 지내다가 결혼한 커플들 말에 따르면 동거와 결혼은 또 다르다고 하지만 사람의 생활 습관 정도는 예측할 수 있지 않을까 싶다.

✓ 워케이션

일과 휴가를 합친 단어로 재택근무를 하거나 디지털 노마드로 일하는 프리랜서들이 찾는 공간이다. 숙박시설과 오피스 시설이 결합된 형태로, 머물면서 다양한 사람들과 함께 또 따로 지낸다. 대부분 워케이션 공간의 숙박은 1인 1실, 2인 1실에 공유 오피스가 따로 갖춰져 있다. 주방도 마련된 경우가 많다 보니 일하다가 친해진 사람들끼리 장을 봐서 같이 식사하고 근처로 여행을 가기도 한다. 신기하게도 워케이션 시설마다 각각 컨셉, 분위기가 있어서 내가 좋아하는 공간에 모인 사람들은 비슷한 감성을 가진 이들이다.

이런 공용 공간에 사는 장점은 공간 관리에 대한 부담 없이 편한 마음으로 사람과 일에 몰입할 수 있다는 데에 있다. 워케이션에서 만난 한 부부는 종종 이런 식으로 다른 지역 워케이션으로 떠나 시간 되면 각자 출근하며 산다고 했다. 나중에 함께 살 사람이 장소에 구애받지 않는 일을 한다면 함께 워케이션을 다니는 것도 좋은 방법이라고 생각했다. 싸울 일이 줄어드는 삶의 방식일까 싶어 꽤 좋아 보이기도 했다. 회사는 싫지만 일은 좋아하는 사람들, 때로 매너리즘에 빠질 듯 혼자 살고 일하는 사람들에게 매우 유익한 간헐적 동거 방식이다.

짧은 손님

시골에서 혼자 사는 모습을 부러워하는 사람들이 있다. 그렇지만 마냥 좋은 점만을 보고 부러워하는 것과 실제 시골에서 혼자 사는 것에는 큰 차이가 있다. 아주 단편적인 예로 도시에 직장이 있다면 나처럼 혼자 시골에 사는 건 당장 불가능함을 누구나 잘 알 수 있을 것이다. 집에서 일하는 프리랜서라도 무서워서, 자신이 없어서, 엄두가 나지 않아서, 아는 사람이 없어서 등 살지 못할 여러 이유가 있다. 그러나 가끔 사람들이 어느 조용한 펜션으로 하루 이틀 정도 여행 가듯 내 주변인들도 우리 집을 펜션처럼 생각하고 종종 놀러 오고는 한다.

유명한 관광지에 있는 시골집이라면 별로 친하지 않은 지인들이 대뜸 내려온다고 해서 골치 아프다고 하던데, 우리 집은 그렇지 않았다. 관광지라고는 없는 덜 유명한 동네의 시골집이라 그런지, 아니면 내가 친구가 없어서 그런지 정말 친한 사람들만 가끔 오는 정도다. 그 정도는 내게도 즐거운 일이라 흔쾌히 그들을 맞이한다. 게스트룸의 이불을 모아 세탁하고 사람들을 기다린다. 여행이 일인 만큼 내 집에는 각 나라 호텔에서 모아 온 어메니티들이 잘 챙겨져 있다. 호텔 객실에서 가져온 남은 일회용 슬리퍼, 항공사에서 받은 수면 안대, 이어 플러그, 일회용 치약과 칫솔 세트, 편안한 홈 웨어와 잠옷까지 구비했다. 정말 원한다면 언제든 몸만 와서 한 달 정도는 편히 쉬다 갈 수 있게끔 환경을 조성했다. 그러나 아쉽게도 대부분은 출근 때문에 하루만 머물다가 떠난다. "조만간 또 놀러 올게!"라는 인사를 남기고 가지만 그 말을 지키지 못하더라도 그렇게 서운하지는 않았다. 아주 친한 친구들과 가족을 제외하고는 한 번 더 시간을 내기란 쉬운 일이 아님을 알고 있으니까. 이후 내 집에 오고 싶다고 스치듯 말하는 사람들에게 언제든 놀러 오라고 말한다. 어차피 멀어서 지도로 검색한 뒤에 포기할 게 뻔하니까.

종종 치사하다는 생각이 들기도 한다. 성인이 된 이후 절반 이상의 시간을 서울에서 보내며 부모님 집이었던 경기도부터 누군가를 만나기 위해 서울까지 왕복 4시간 정도는 당연하게 오갔다. 막상 만나면 밥 먹고 카페에 가는 정도일지라도, 당연하게 서울에서 약속이 잡혀도 불만 없이 잘 다녔다. 그렇지만 이제는 굳이 누군가를 만나기 위해 내가 먼저 서울로 가고 싶지 않았다. 어쩔 수 없는 일이 아니고서야 상대를 위한 일방적 배려로 먼 여정을 떠나는 건 매우 피곤하다. 그런 마음을 누구보다 잘 알기에 정말 내 공간까지 와 주는 손님들이 있다면 그들을 마음속 깊이 친한 사이라는 이름으로 꽁꽁 감싸 보관한다.

그렇게 해서라도 먼 거리를 찾아와 주는 사람들은 꼭 바라지 않았던 집들이 선물도 챙겨 오고는 한다. 내게 필요한 물건이거나 집과 어울리는 무언가를. 덕분에 집 안 곳곳 하나둘씩 이야기가 쌓여 간다. 어쩌면 시골로 숨어들었기에 내 곁에 진심으로 남을 사람들만 남은 게 아닐까 싶다. 저절로 불필요한 만남에서 멀어지고 남은 시간을 내가 원하는 것들로만 채우는 중이다.

시간 내서 여기까지 와 줘서
고마워요, 그런데

들쭉날쭉 간사한 나의 마음은 뭘까. 먼 길 시간 내서 만나러 와 준 손님들은 진심으로 고맙고 소중하다. 나 역시 많은 나라를 돌아다니며 현지인의 집에서 여러 형태로 머물며 생각했다. 내 집을 만들면 게스트들에게 정성으로 대접하고 싶다고. 그리고 정말 내 나름 최선을 다해 편히 머물다 갈 수 있게끔 노력하고 있다. 억지로 베풀고 싶은 마음이 아닌 진심으로 자처하는 중이지만 막상 내 집에 손님을 초대하니 생각보다 에너지 소모가 심하다는 걸 알게 되었다.

특히 우리 집은 배달 음식도 시킬 수 없기에 전날 미리 음식을 준비해야 한다. 청소도 평소보다 더 깔끔히 해야 하고 대중교통을 이용해 손님 마중을 나갔다가 다시 데려다줘야 하는 번거로움이 있었다. 게다가 혼자 오래 살다 보니 우리 집에 오는 상대가 누구인지 상관없이 무조건 성가신 일이 생긴다. 우리 집은 시골에 있어서 문단속을 잘해야 한다. 모기장이 있어도 저녁에 창문을 열면 작은 날파리가 모기장을 뚫고 들어온다. 이런 소소한 시골 생활에서의 변수를 미리 알려야 했다. 우리 집을 잘 이용하도록 하나하나 설명해 줘야 한다는 것이다. 숟가락이 어디 있는지, 빨래 세제는 어디에 넣어야 하는지, 정수기 얼음은 어떤 버튼을 눌러야 하는지 등 말이다.

알려 주는 건 당연한 일이지만 종종 무의식적으로 조금 귀찮다는 생각이 든다. 그럴 때는 스스로 진짜 왜 이렇게 마음이 얄팍한 걸까 싶어 잠시 반성한다. 내가 남의 집에 그렇게 들락날락하며 그동안 얼마나 사사로운 불편을 끼얹고 다녔는지를 이제야 알았다. 역시 사람은 자기 일이 되어야 깨닫는다더니 예외는 없었다. 덕분에 혼자 살게 된 이후로 누군가에게 초대받으면 조금 더 신경 써서 선물을 준비하고 초대한 사람의 성의를 찾아 고마움을 표하고 있다.

특히 내 경우에는 공간과 관련된 칭찬을 해 줄 때 진심으로 기쁘다. 그래서 타인의 집들이를 가면 나 또한 상대의 인테리어, 취향, 소품에 대해 질문하고 그들의 이야기를 많이 들어주고자 노력한다. 귀찮았을 텐데도 가장 사적인 공간까지 나를 들여보내 줘 고마운 마음으로. 본인만의 장소를 보여 준다는 건 어쩌면 이제 더 친해질 준비가 되었다는 신호 아닐까. 기꺼이 서로의 불편쯤은 조금 감수하고 상대의 마음을 깊게 들을 준비가 되었다는 신호 말이다. 마음을 열어 준 사람이 후회하지 않도록 알아서 적당한 예의를 차리는 이가 멋진 사람이라고 생각한다.

나도 이곳이 좋아

23년 1월, 추운 겨울을 피해 치앙마이로 도망쳐 70일간 머물렀다. 내가 사용한 집은 2층짜리 나무 주택에 방도 4개나 있었다. 그럼에도 그곳은 고요했다. 그러다 거기 위층에 살던 한국인 여자를 만났는데 우리는 이상하리만치 잘 맞았다. 신념과 가치관, 웃음 코드, 좋아하는 것과 싫어하는 것. 게다가 요가에 푹 빠진 부분까지 똑같았다. 그 친구와 또 다른 친구 한 명과 함께 치앙마이에서 즐거운 시간을 보냈다. 각자 일하다가도 본인들이 다니던 곳으로 운동을 갔고, 끝나면 누가 먼저랄 것도 없이 허기를 느꼈다. 그렇게 같이 무제한 고기 뷔페에서 고기를 왕창 먹어 3kg 이상 살을 찌운 그런 사이였다. 우리는 때로 승마하러 가기도, 잠옷을 입은 채 거실에 누워 몇 시간이고 수다를 떨기도 했다. 이게 우리의 치앙마이 생활의 전부였지만 그 어떤 여행보다 사랑스러운 시간이었다.

이 친구들과 어딘가에서 다시 함께 살면 좋겠다는 생각을 세 명 모두가 했다. 몇 달이 지나 우리는 내 시골집에서 또다시 만났다. 같은 감성으로 서로를 좋아해 주는 사람들에 직업 특성상 출근하지 않아도 되는 상황까지 딱 맞아떨어졌다. 그래서 원하는 동안 같이 모여 살 수 있게 되었다. 처음에는 서울에서 셋이 며칠 지낼 공간을 찾다가 숙박비를 확인했더니 돈이 아까워졌다. 곰곰 생각하다가 우리 집에서 며칠 지내는 건 어떠냐고 제안했다. 겸사겸사 집들이도 하고 호텔보다 더 넓은 공간에서 자유로이 음식을 해 먹기 좋을 거라는 판단이었다. 내 말에 두 사람은 좋은 생각이라고 긍정적인 답을 내놓았다.

우리 집에 머물기로 한 당일, 서울역에 모여 마트에서 실컷 장을 본 후 기차를 탔다. 얼마 지나지 않아 역에서 내려 내 차 트렁크에 짐을 실었다.

"더 필요한 건 없어? 우리 집 근처에는 정말 아무것도 없어."

친구들은 말로만 들어서는 심각성을 모르는 듯했다. 더 이상 필요한 게 없다는 걸 재차 확인하고 도심을 지나 점점 어두운 길로 들어섰다. 마침내 고요한 시골집 마당에 주차하고 땅에 발을 디뎠다.

"언니, 이 냄새는 뭐야?"

차에서 내리자 친구들은 다른 세계에 도착한 듯한 반응을 보였다. 분명 조금 전까지만 해도 도시에 있었는데 말이다. 그만큼 우리 동네는 공기부터가 생각보다 더욱 시골이었나 보다. 집으로 들어오자마자 한 친구는 그대로 소파에 뛰어들었다. 마치 본인 집이라도 되는 양 안락하게 생각하는 것이 내게도 느껴져 안도했다.

마트에서 사 온 밀키트로 저녁을 차려 노란 조명을 켠 거실 탁자에 모였다. 말하지 않아도 친구들이 내 공간을 좋아한다는 걸 알아차릴 수 있었다. 그날 저녁, 샤워를 마치고 편한 잠옷으로 갈아입은 후 우리는 거실에 드러누워 새벽까지 이야기를 주고받으며 깔깔거렸다. 이 시간이 매일 이어지면 행복하겠다는 생각도 들었다. 이런 관계라면, 이런 사람들과 함께라면, 어쩌면 평생 같이 살아도 괜찮지 않을까 하는 마음. 이렇게 또 누군가와 함께 사는 일을 다시 연습하기로 한다.

강아지를 빌려요

강아지를 키울 수 있을까? 인생에서 정말 사랑하는 일이 몇 가지 있는데 그중 하나가 여행을 업으로 삼는 것이다. 그래서 나는 매일 과거의 꿈을 현재로 살고 있다. 그 사실을 상기하면 나는 참 행복한 사람이고 감사한 삶을 산다고 생각한다. 하지만 그런 행복을 가지기 위해서는 포기할 요소도 더러 있었다. 그 포기 요소 중 한 가지가 바로 강아지 키우기. 언제 해외에서 돌아올지 모르는 삶을 선택한 이상, 반려동물과 같은 생명을 책임지는 일은 내게 금지된 일이었다. 대신 가끔 간식을 잔뜩 사서 친구네 강아지를 보러 간다거나 유기견 보호소에서 많이 귀여워해 주는 인생을 살고 있다.

시골로 이사 오니 당연하다는 듯 집마다 개 한 마리씩은 키우고 있다. 그 때문에 내가 산책할 때마다 동네 개들이 나를 보고 짖어 대는 게 참 반가웠다. 내 옆집에는 강아지를 두 마리 키우고 있었다. 한 마리는 작고 야무진 개였는데 오후 6시쯤이 되면 아주머니가 강아지를 데리고 우리 집을 지나 산책 다니셨다. 그 모습에 매번 안부 인사를 나누며 멀리서 부러워했다.

어느 날, 아주머니 댁을 지나 옆집 할머니 댁으로 짐을 옮겨 드리다가 개집 하나를 발견했다. 그 집 안에는 커다란 골든 리트리버 한 마리가 있었다. 마당에 앉아 내가 지나가기만 하면 짖어 댔다. 골든 리트리버의 외모 덕분에 왈왈 짖는 모습은 전혀 무섭지 않았다. 그렇게 조금씩 가까이 다가가 친근감을 표시하자 기다렸다는 듯 꼬리를 살랑이며 다정한 리트리버로 변신했다. 너무나도 사랑스러운 아이였다. 아주머니에게 이 강아지는 산책시키지 않느냐 묻자 힘이 너무 세서 가끔 아들이 집에 오면 데리고 간다고 하셨다.

"혹시 제가 산책시켜 봐도 되나요?"

"할 수 있을까? 해 봐요, 그럼."

그렇게 허락이 떨어지자마자 신나는 기분을 주체할 수 없었다. 그러다가 문득 나도 강아지 키우는 기분만 낼 수 있지 않을까 싶어 온라인 쇼핑몰에 들어갔다. 강아지 행동 교정 목줄과 일반 목줄, 그리고 간식을 종류별로 담았다. 택배가 하나씩 도착할 때마다 나도 이제 강아지와 산책한다는 기대에 상기되어 택배 상자를 가차 없이 뜯었다. 모든 준비물이 충족되고 나는 집에 함께 있던 친구와 옆집 강아지 '보리'의 묶인 목줄을 풀어 줬다. 그 즉시 우리는 왜 아주머니가 보리와의 산책을 포기했는지 알아챘다. 몸집은 나보다 큰 귀여운 골든 리트리버가 우리 집 마당에 핀 무성한 잡초에 정신이 나가 뛰어다녔다. 그 때문에 산책용 목줄 채우기부터가 큰 난관이었다.

그래도 보리는 천성이 사람을 좋아하는 착한 개인지 내가 부르면 잠시 내게로 걸음 했다. 그럼에도 집중하는 찰나의 시간 외에는 마당에 있는 여러 풀 냄새를 맡느라 정신이 없었다. 대충 버린 빵 조각도 찾아 물어 오고, 마당에서 춤추듯 두 발로 뛰어다녔다. 상황은 암담했다. 간식을 줘도 별 흥미를 끌지 못했다. 시골 개들은 아마도 강아지용 간식보다 평소에 더 맛난 걸 먹고 지내는 모양이라 이런 건 특별한 축에도 끼지 않는 듯했다. 나와 친구는 마당을 날아다니는 보리를 멍하니 지켜봤고 주인 아주머니도 난감해하셨다. 간신히 행동 교정 목줄을 채우니 보리가 자리에 앉아 망부석이 되어서는 움직일 생각도 않았다. 결국 목줄을 채운 지 얼마 지나지 않아 빼 줄 수밖에 없었다.

"언니, 보리 산책 불가."

인생의 평생을 개와 함께 살았던 친구가 내린 결론이었다. 그렇게 2~30분이 지나자 조금 힘이 빠졌는지 보리의 움직이는 속도가 느려지고 뭔가 산책하러 갈 수 있을 듯한 분위기로 변했다.

"아들 여자 친구가 산책시키다가 무릎 다 까져서 돌아왔어요. 조심해야 해요, 정말로."

그 말에 긴 팔에 긴 바지를 입고 운동화까지 신은 채 두 손으로 목줄을 꼭 붙들었다. 아주 천천히 힘을 줘 논밭을 걸어갔다. 늦은 밤 아무도 없는 학교 운동장에 가기로 했다. 운동장은 온통 모래라 보리의 흥미를 끌 만한 풀이 없으니 조금 수월하지 않을까 생각했다. 그리고 그건 정말 탁월한 판단이었다. 운동장 몇 바퀴를 돌았더니 보리도 나도 기운이 빠져 느릿하게 걸었다. 그렇게 강아지와 산책다운 산책을 완료했다.

다시 옆집으로 돌아가 빌린 보리를 건네 드렸다. 쉽지 않을 거라 생각했는데 정말로 쉽지 않았다. 온몸이 땀으로 범벅되어 내가 보리를 산책시킨 건지, 아니면 보리가 날 산책시킨 건지 알 수가 없었다. 그러나 분명한 건 덕분에 나도 평소보다 더 행복하고 힘들게 운동했다는 것이다.

매일 하고 싶었으나 막상 경험하니 늘 할 수는 없을 것 같았다. 그래서 가끔 옆집에서 귀여운 행복을 빌려야겠다고 마음먹었다. 하지만 아무래도 주인 아주머니가 몹시 불안해하시지 않을까 싶어 이후 보리를 요청하지 않았다. 강아지를 더는 빌릴 수 없었지만 대신 비가 오면 항아리 뚜껑에 고인 물로 목욕하는 새를 구경하거나 마당을 뛰어다니는 고라니를 지켜본다. 길 잃고 마당에 주저앉은 너구리와 감나무를 타는 신기한 고양이도 덤이다.

돌아다니며 살기로 한 이상, 원하는 것들을 전부 가질 수는 없다고 생각했다. 그렇기에 남들이 가진 게 내게는 없지만, 뭐 하나 내 것인 게 없기에 더 잔뜩 누릴 기회가 찾아온다고 생각한다. 아마 내가 결혼했다면 친구와 한 달간 동거하며 옆집 강아지를 빌리는 일은 없었을 테니까.

개인은 절대 팀을 못 이겨

    친구들이 우리 집에서 한 달 정도 같이 살기로 했다. 잘 맞는 사람끼리 살면 혼자 사는 것보다 좋은 점도 있다는 걸 배우며 알아 가는 중이었다. 어느 날, 팀을 꾸려 일하던 친구가 내게 "개인은 절대 팀을 못 이겨."라고 말한 적이 있는데, 속으로는 '뭐야, 그럼 나는 맨날 지겠네.'라는 생각을 하면서도 한편으로는 그 말에 동의했다. 이미 상당 부분에서 혼자라 불리한 점을 느끼고 있었기 때문이다. (물론 혼자이기에 유리한 부분도 꽤 있다.)

    단편적으로 결혼한 부부가 함께하는 재테크 속도가 나 혼자 벌어들이는 것보다 재산 증식에 훨씬 유리한 부분이 많다. 좋은 동거인을 만나면 많은 게 유리하고 즐거운 건 사실이다. 처음 이 친구들이 우리 집에 놀러 오기로 했을 때는 며칠 정도 머물지 묻지도 않았고 그들도 내게 언제까지 있을 거라 말하지 않았다. 그렇게 아는 건 없었으나 있고 싶은 만큼 있다 가리라 생각했다. 그리고 이렇게 한집에 모여 오래 살았던 적이 없어 일단 해 보고 조율하기로 했다. 시간은 흘렀고 며칠이 지나도 갈 생각이 없어 보이던 친구가 내게 물었다.

"나 언제까지 있어도 돼?"

"네 마음대로."

그건 내 진심 어린 대답이었다. 며칠이 더 지나자 친구는 한 달 정도 더 머물겠다고 선언했다. 그 뒤로 필요한 화장품을 온라인에서 두 개씩 주문했다. 지내는 방마다 한 세트를 만들어 화장대에 올려 두고는 뿌듯하게 바라봤다.

매일 아침 우리는 대강 써 둔 시간표를 지키며 살았다. 모여서 마냥 웃고 떠드는 사이가 아닌 서로의 미래에 영감과 발전을 주며 살아가기를 원했다. 함께 건강한 식사를 만들어 먹고 산책 다니며, 같은 책을 읽고 정리해 의견 교환처럼 아이디어를 나눴다. 이런 일은 같은 시간을 투자해 두 배의 지식을 얻는 효과를 발휘했으며 음식도 여러 부분에서 건강하고 빠르게 맛볼 수 있었다. 이렇게 셋이 지내는 동안 우리는 최고의 파트너로서 역할을 했다.

하우스 메이트 1호는 좋은 질문을 선별해 우리에게 질문 주제를 던졌고, 나는 빠른 두뇌 회전으로 모든 이의 이야기를 듣고 해결책과 활용 방안을 내놓았다. 하우스 메이트 2호는 대화 내용을 요약해 빼곡히 기록해 두었다. 그렇게 우리는 각자만의 전략을 짰다. 친구들과 함께 살면서 내게는 몇 가지 변화가 생겼다. 온종일 책상 앞에 앉아 일만 하던 일상에서 가끔 산책 다니며 해를 쬐고, 일에 대한 아이디어를 제삼자의 눈으로 바로 피드백 받을 수 있었다. 게다가 함께 요가를 다니면서는 나보다 익숙하게 동작하는 친구를 보며 따라 하기도 했는데, 그 덕분에 되지 않던 자세도 가능하게 만들었다. 셋이 있을 때는 평소보다 세 배로 재미있게 보내서 그런지 잠자리에 눕자마자 바로 기절하는 기이한 경험을 하고 있다. 하루를 꽉 채워 사는 기분이었다.

우리는 같이 살지만 아주 자연스럽게 각자의 공간에서 자신만의 시간을 가졌다. 나는 대부분 거실을 향해 아치 모양으로 벽이 뚫린 작은 사무실에서 일했고, 친구들은 거실과 게스트룸에서 책을 읽고 일했다. 나중에는 밥도 같이 먹고 외출도 함께 하는 당연한 일상을 보냈다. 게다가 딱 한 달만 같이 사는 동거라서 그런지 모든 것에 부담이 없었다. 이런 일들을 통해 나 스스로가 결혼이라는 걸 해도 되는 사람인지, 만일 결혼한다면 어떤 이와 해야 하는지도 조금 정도는 이전보다 명확해졌다.

혼자도 살아 보고 여러 성향의 사람들과도 함께 살아 보면서 느리지만 나만의 속도로 언젠가는 내 반려자를 찾을 수 있겠다는 확신이 점점 들었다. 그 반려자를 찾는 일에 나이 때문이라는 이유로 서두르는 건 안 되겠다고 생각한다. 반면 모든 면에서 잘 맞는 사람이 아니라면 같이 살아 무엇하나 싶어 평생 혼자 살지도 모르겠다는 기분도 들었다. 동거라는 단어를 들으면 결혼 생각을 하는 상대와 결혼 전에 함께 사는 모습이 자연스레 그려지는데, 꼭 그럴 필요도 없겠다는 게 내 결론이다. 누군가와 살면서 나에 대해 알아 갈 수 있다면 상대가 이성이든 동성이든 상관없으니까.

왜 결혼 안 하는지 너무 이해돼

하우스 메이트 두 명이 우리 집에 한 달간 머물며 내게 던진 이야기는 동일했다. 나는 결혼할 필요가 없어 보인다는 것이다.

"내가 왜 결혼 안 하는 것 같은데?"

"음, 언니는 혼자서 뭐든 잘해. 결혼하면 손해라는 생각이 드는 게 너무 당연한 것 같아. 언니를 보면서 나를 돌아봤거든. 근데 나는 결혼하는 게 더 낫겠더라고. 난 너무 부족한 게 많다는 걸 언니 보면서 느껴."

함께 지내는 동안 먹을 게 없는 상황에서 텃밭으로 가 뜯어 온 채소, 냉동실에 잠든 식재료를 꺼내 근사한 식사를 만들었다. 벌레가 나와도 알아서 해치웠으며 운전도 내가 했다. 집 청소도 알아서 했고 집 안에서 매우 부지런히 돌아다녔다. 게다가 집에서 돈도 버니 뭐 하나 부족한 부분이 없어 보였다고 한다. 그에 비해 내 집에 놀러 왔던 친구들은 여러 방면에서 겁쟁이였으며 요리도 못했다. 여러모로 나보다 생활력이 부족한 게 포착되었다고 할까. 그렇다고 그들이 혼자 사는 데에 큰 어려움을 겪는 건 아니었다. 본인 앞가림은 잘하고 있었으나 막상 나와 비교하니 자신의 부족한 점을 발견했다는 것이다.

친구의 말을 듣고 그간 내가 남자들에게서 매력을 느끼지 못한 이유를 더 명확히 알 수 있었다. 그간 몇 명의 남자들과 만나 데이트하면서 나도 모르게 머릿속으로 '그래서 얘가 나보다 나은 점이 뭘까? 게다가 친구들이랑 지내는 것보다 재미없는데 이 사람을 만나서 대체 좋은 게 뭔지 모르겠어. 그냥 집에 가서 잠이나 자고 싶다.'라고 하는 순간들이 잦아진 걸 보면 말이 된다. 누구를 만나려면 지금보다 좋은 게 있어야 하는데, 그 무언가를 이제는 타인인 남자 친구라는 이에게서 찾아야 했다. 그러나 그 찾아야 할 부분도, 찾아야 할 이유도 사라졌다.

친구들과 한 달간 지내며 우리는 서로에 대한 애정을 통해 각자가 가진 장단점을 관찰해 줬다. 그리고 그에 대한 긴 대화를 나눴다. 눈에 보이지 않는 무언가에 대해 이야기를 주고받으면 말이 잘 통했다.

"지금 우리 관계처럼 이야기가 잘 통하는 사람을 살면서 만나 본 적 있어?"

놀랍게도 셋 모두 없다고 답했다. 이건 남자라는 존재를 포함한, 그 누구도 쉽게 대체 할 수 없는 지점임에 전체가 동의한 것이다. 세상에 완벽히 들어맞는 사람은 없겠지만 그럼에도 결혼이라는 건 그중 최선인 사람과 하는 건가 보다. 우리 모두 지독한 이성애자였지만 여자와 결혼해서 애를 낳을 수만 있다면 아마 이 중 한 명과 결혼했을지도 모르겠다고 생각했다.

사랑은 대체 무엇인가?

참 특이한 발견이었다. 과연 내가 인생에서 남자를 사랑하긴 했을까 하는 의구심이 생긴 것이다. 좋아하는 친구들과 있을 때는 아무런 조건 없이 그 사람이 잘되기를 바라고 도왔다. 또 무한한 시간을 들여 걱정했고 그들을 지켜 주고 싶었다. 친구들과 우리 집에서 지냈으니 당연히 자잘한 집 청소는 내 몫이었다. 너무나도 자연스레 세제가 떨어지면 채웠고 화장실을 홀로 청소했으며 마당 텃밭의 채소에 물을 주는 일도 내가 했다. 물론 친구들은 누구 하나가 요리를 시작하거나 청소하고 있으면 옹기종기 모여 그 시간을 함께했다. 서로 누군가 힘든 걸 원치 않았기에 편하게 지냈으면 하는 바람으로 자발적 참여를 한 셈이다.

불현듯 친구가 아닌 남자 친구나 남편과 살았으면 어땠을까 상상했다. 내가 조금이라도 집안일을 더 하거나, 동거인이 피곤하다고 누워 있는 모습을 생각하니 이미 100번도 더 싸우거나 잔소리해서 누구 하나는 울겠구나 싶었다. 예전 남자 친구들과 사귈 당시에도 나는 이렇게까지 관대하지 않았다. 남자 친구니까 내게 더욱 무언가를 해 줘야만 하는 대상이라 여겼으며 조금이라도 기대에 어긋나는 행동을 보이면 크게 실망했다. 그간 남자 친구들과 심하게 싸우지 않고 잘 사귀었던 이유는 그들이 내 눈에 별로 거슬릴 게 없는 이들이었기 때문이다. 내가 그들을 사랑해서 싸울 일이 없던 것은 아니었다.

그러나 나와 친구들의 관계는 달랐다. 나는 조금 더 너그러웠고 그들에게 관대했다. 그렇기에 머릿속이 혼란스러웠다. 나는 과연 이전의 남자 친구들을 사랑한 게 맞을까? 사랑이라면 우정보다 더 많이, 그들을 귀하게 다뤘어야 하는 게 아니었을까. 하지만 나는 평생 그런 적이 없었다. 그들이 내가 하기 싫은 일을 해 주면 그게 좋았을 뿐이고 받을 생각만 했지, 먼저 뭘 해 줘야겠다 싶은 적은 극히 드물었다. 그동안의 연애를 회고하며 사랑에 대해 다시 오래 생각해 봤다.

내게는 남자와 여자 이성 간의 사랑이 과도하게 평가되어 있었다. 남자들과 사귀는 시간 동안 확실히 깨달은 게 있다면, 그들보다 나 자신을 훨씬 더 사랑하고 있다는 사실이었다. 최선을 다해 사랑한다고 하면 사랑할 수 있는 존재가 나타날까. 과연 그런 마음이라는 게 애초에 내게 존재할 수 있을까. 이렇게 홀로 잘 지내는 내게 남자와의 구구절절한 사랑이 진실로 필요한가. 곰곰이 생각했으나 끝내 이유를 찾을 수는 없었다. 이유를 찾아낼 수 없음에도 삶은 정말 평화로웠다. 더는 사랑의 이유에 대해 찾지 않아도 괜찮지 않을까 싶었다. 의심을 품은 것, 그것만으로도 잘한 일이었으니.

언니, 나도 꿈이 생겼어

서울에서 혼자 사는 친구가 우리 집에 놀러 와 며칠 지낼 때마다 항상 주방에서 정성껏 예쁜 요리를 해 줬다. 그래도 대부분은 함께 식사를 준비했다. 어느 날, 친구를 집에 두고 요가를 다녀왔더니 집에서 맛있는 밥 냄새가 나는 게 아닌가. 친구는 브이로그 영상을 틀어 두고 주방에서 이것저것 죄다 꺼내 행복해하며 요리를 하고 있었다. 콧노래는 덤이었다.

"남자들이 왜 결혼하고 싶어 하는지 이제 알 것 같아. 네가 이러는 모습 보니까 나도 결혼하고 싶네. 게다가 애까지 낳았다고 생각해 봐! 네가 애도 낳아서 잘 보살펴 주고 있을 거 아니야. 집에 오면 나 닮은 아이랑 깨끗한 집, 그리고 맛있는 밥이 기다리고 있는데. 나는 어차피 월급만 전처럼 계속 벌어 오면 되는 거잖아? 내가 남자라도 결혼 정말 하고 싶을 것 같아.

너 그냥 나랑 결혼할래? 돈은 내가 벌어 올게. 너 일하기 싫으면 일 안 해도 돼."

"그래? 나는 이렇게 예쁘게 꾸며진, 요리하기 좋은 주방이 있으니까. 이곳에서 아주 천천히 방해받지 않고 좋은 식재료로 음식하는 게 좋아. 언니, 그리고 나 꿈이 생겼어."

"뭔데?"

"나도 언니처럼 이렇게 집 꾸며 놓고 혼자 살아 보고 싶어. 가끔 친구들도 초대해서 맛있는 거 해 먹으면서."

"완전 추천!"

"아무래도 내가 현재 살고 있는 집이 스스로 만족스럽지 않아서, 내가 계속 밖에서 시간을 많이 보냈던 것일지도 모르겠다고 생각했어."

친구는 그날 이후 우리 집에서 영감을 얻어 가전제품 구매하기 적금을 만들었다. 그렇게 매달 얼마씩 스스로 저금하고 있다. 생각해 보니 본인도 누구보다 혼자서 즐겁게 잘 지낼 수 있는 사람임을 알고 있다고 했다. 그동안 나처럼 혼자만의 공간을 본격적으로 꾸며 놓고 잘 사는 사례를 주변에서 찾기 어려웠다고도 덧붙였다. 그래서 간접 체험도 상상조차 하기 어려웠다고.

직접 해 보니 하고 싶은 무언가가 현실적으로 생겼다고 했다. 오랫동안 한집에서 전세 계약을 연장했던 친구는 내년 전세 만기 후 지금 사는 집보다 두 배 정도 큰 집으로 이사할 계획임을 밝혔다. 본격적으로 만족할 만큼 채워 살겠다고 했다. 결혼을 생각하는 남자 친구와 이대로 결혼해서 함께 살면 언젠가 원하던 공간에서 홀로 제대로 살지 못한 걸 후회할 것 같다고도 말했다. 만일 얼마 지나지 않아 결혼하게 되면 가전과 가구는 새로 사지 않고 신혼집에 가져가 쓰면 된다고 생각을 바꾼 듯했다.

혼자 잘 사는 모습이 누군가의 인생에 도움이 될 수 있음에 몹시 기뻤다. 이건 내가 혼자 사는 삶을 내보이는 이유이기도 하다. 그리고 세상에 더 다양한 모습의 삶이 전시되기를 희망한다. 당신이 원하는 모습을 알아내지 못했다면 아직 세상에는 당신이 원하는 모습으로 사는 사람이 없는 것일 수도, 아직 발견하지 못한 것일 수도 있다. 우리 눈에 비치는 수두룩한 삶 속에서 여러 형태를 골라 직접 살아 보면서 다듬으면 된다. 그들의 삶을 간접적으로 경험해 보고 상상하면서, 또 때로는 부러워하기도 하면서 스스로가 원하는 진짜 삶의 모양을 찾아내길

바란다. 우리 모두 절대 똑같은 모습으로 행복해질 수 없음을

기억하면서.

에필로그

epilogue

언젠가 내가 만일 누구라도 만나 결혼하게 된다면 온 세상 사람들의 비난과 조롱을 받지 않을까 상상했다. 그 생각은 책을 쓰는 내내 나를 괴롭혔다. 그만큼 유명하지도 않으면서 자의식 과잉에 빠진 것이다. 그럼에도 어디선가는 나와 같은 삶을 사는 사람들, 그리고 내게 질문했던 수많은 이의 불안하던 눈동자를 떠올린다.

'사실 혼자 잘 살고 싶은데 두려워요.', '어떻게 하면 혼자서도 잘 지낼 수 있어요?', '사실 이 사람을 엄청 좋아해서 사귄 게 아니에요. 그냥 혼자인 게 무서워서 사귀다 보니 계속 누군가를 만나게 되더라고요.'라는 물음들 말이다.

그러나 완벽히 혼자 지내지 못해도 괜찮다는 말을 꼭 해 주고 싶다. 누군가에게 당신 삶 전체의 경제적, 정신적인 모든 걸 의지하면 안 된다. 하지만 그 말이 전부 혼자서 해내야만 한다는 뜻도 아니다. 나는 처음부터 독립적으로 태어나 대부분 혼자 하기를 좋아했다. 그 때문에 사회생활을 하면서도, 관계를 이어 가면서도 이기적이고 배려가 부족한 적이 많았다.

그러니 혼자 잘 지내지 못하겠다는 당신은 아마도 내게 부족한 타인을 배려할 힘과 함께 일하고 싶은 동료가 될 수도 있다는 의미이기도 하다. 누군가에게 의지할 마음을 따로 먹지 않아도 된다는 점은 내게 부러운 부분이다. 원래 사람은 나의 도움을 필요로 하는 누군가에게 도움을 주고받을 때 존재감을 확인받지 않는가. 모든 면에서 완벽하게 혼자일 필요는 없다. 혼자 잘 살고 싶다는 뜻은 사회로부터 고립되겠다는 결심이 아니다. 결국 자기 자신과도 잘 지내고 타인과도 잘 지낼 수 있다는 조화로움의 표현이다. 당신이 원하면 언제든 의지할 누군가 있다는 건 행운이다. 그 사실로 당신이 나약한 존재라고 생각하는 이는 아무도 없을 것이다. 의지하고 싶다면 의지해도 괜찮다. 혼자가 지겨워지면 누군가를 만나고, 누군가와 함께하는 게 힘들어지면 또다시 혼자만의 세상을 구축하면 된다.

나는 단지 당신이 너무 심심하고 외로운 날, 혼자 있고 싶은 날 이 책 속에서 어떠한 영감이라도 찾아내기를 바라는 마음으로 글을 썼다. 당신이 혼자 지내는 시간에서도 그저 잘 살아가기를 바라며.

혼자서도 잘 사는 걸 어떡합니까

1판 1쇄 발행 2024년 02월 23일
1판 2쇄 발행 2024년 03월 06일
1판 3쇄 발행 2024년 03월 13일
1판 4쇄 발행 2024년 04월 02일

지 은 이 신아로미

발 행 인 정영욱
편집총괄 정해나
편   집 박소정
디 자 인 차유진

펴낸곳 (주)부크럼
전   화 070-5138-9971~3 (도서기획제작팀)
홈페이지 www.bookrum.co.kr
이메일 editor@bookrum.co.kr
인스타그램 @bookrum.official
블로그 blog.naver.com/s2mfairy
포스트 post.naver.com/s2mfairy

ⓒ 신아로미, 2024
ISBN 979-11-6214-478-7 (03800)